金庸的江湖師友——明教精英篇

書名：金庸的江湖師友——明教精英篇
系列：心一堂　金庸學研究叢書
作者：蔣連根
責任編輯：心一堂金庸學研究叢書編輯室
封面設計：陳劍聰

出版：心一堂有限公司
通訊地址：香港九龍旺角彌敦道610號荷李活商業中心十八樓05-06室
深港讀者服務中心：中國深圳市羅湖區立新路六號羅湖商業大厦負一層008室
電話號碼：（852）90277110
網址：publish.sunyata.cc
電郵：sunyatabook@gmail.com
網店：http：//book.sunyata.cc
淘宝店地址：https：//shop210782774.taobao.com
微店地址：https：//weidian.com/s/1212826297
臉書：https：//www.facebook.com/sunyatabook
讀者論壇：http：//bbs.sunyata.cc

香港發行：香港聯合書刊物流有限公司
香港新界大埔汀麗路36號中華商務印刷大廈3樓
電話號碼：（852）2150-2100　傳真號碼：（852）2407-3062
電郵：info@suplogistics.com.hk

台灣發行：秀威資訊科技股份有限公司
地址：台灣台北市內湖區瑞光路七十六巷六十五號一樓
電話號碼：+886-2-2796-3638　傳真號碼：+886-2-2796-1377
網絡書店：www.bodbooks.com.tw
台灣秀威讀者服務中心：
地址：台灣台北市中山區松江路二0九號1樓
電話號碼：+886-2-2518-0207
傳真號碼：+886-2-2518-0778
網址：www.govbooks.com.tw

中國大陸發行 零售：深圳心一堂文化傳播有限公司
地址：深圳市羅湖區立新路六號羅湖商業大厦負一層008室
電話號碼：(86) 0755-82224934

版次：二零二零年七月初版

平裝

定價：港幣　一百四十八元正
　　　新台幣　五百九十八元正

國際書號　978-988-8583-35-5

心一堂微店二維碼

心一堂淘寶店二維碼

目錄

總序

《詩經》寫道：「嚶其鳴矣，求其友聲。」鳥兒呼叫也是在尋找友誼，何況人呢！何為「朋友」？就是「同門曰朋，同志曰友；朋友聚居，講習道義」。

莊子講過一則寓言：有兩條魚生活在大海裡，某日，被海水沖到一個淺淺的水溝，只能相互把自己嘴裡的泡沫餵到對方嘴裡生存，這就是成語「相濡以沫」的由來，指的是「少年夫妻老來伴」的夫妻。但是，莊子說，這樣的生活並不是最正常最真實也最無奈的，真實的情況是，海水終於要漫上來，兩條魚也終於要回到屬於它們自己的天地，最後，他們要相忘於江湖。

相忘於江湖，江湖之遠之大，何處是歸處和依靠？人在江湖，總會有許多的無奈、寂寞、冷清。金庸說：「友情是我生命中一種重要之極的寶貴感情。」人生在世，總要或多或少地依靠來自身以外的各種幫助——父母的養育、師長的教誨、朋友的關愛、社會的鼓勵……所「依」甚廣，所「靠」甚多。

在金庸生命的各個時期，他的身邊總是圍繞着一群人，一群愛他敬他，願意為他無私奉獻，助他一臂之力，在他需要時挺身而出，替他掃平障礙或是進行善後工作的朋友。若是沒有這樣一群鐵桿朋友在身邊，恐怕這個大俠必定當得十分吃力。所以說，金庸的生命離不開他的朋友圈，是一群朋友在背後默默支持他，才讓他成為大俠，在人前光鮮亮麗受人尊重，令人敬仰。也正是這樣一種深厚的情義，才襯托出了大俠的光輝形象。

二十世紀五十年代，在受殖民統治的香港，金庸虛實相間的新派武俠小說大大拓展了香港人閱讀的想像空間，縱深了歷史記憶。武俠行蹤在江南、中原、塞外、大理國、帝都之間鋪展游移；小說裡的人物與思想，在朝與野、涉政與隱退、向心與離心、順從與背叛、大義與私情之間尋求着平衡，思考着普遍的人性和古代歷史的規律。種種時局的因緣際會，在向來被視為「文化沙漠」的香港，開出了一朵絢爛的花。挾一腔豪情，聚千古江山。金庸創造的武俠世界氣勢恢宏、波瀾壯闊，布衣英雄熱血肝膽，重情重義，為國為民，震撼人心！他用豐富的學識和深厚的文化修養，宏大的氣魄和嫻熟的筆法，融歷史傳奇故事，寫華語文化傳奇！讀過金庸作品的人，肯定會在其刀光劍影中體會到友情的濃烈。金庸以生花妙筆描寫了人與人的形形色色的友情，那些路見不平拔刀相助、不打不相識、點頭之交、生死相許、忘年之交、超越性別的知己之交、危難之中的莫逆之交……無一不讓我們深深感動並心嚮往之。那些真情，在關鍵時刻經受住了考驗，變得更加堅不可摧，固若金湯，在經歷了劫難的洗禮後煥發出了人性高潔的光芒。

金庸的武俠小說為什麼能在華人中流行這麼廣泛，影響這麼深遠？究其根本，情節和歷史圖景是一回事，更深層的原因是金庸的武俠小說突出了一個乃至中華民族最關鍵的問題，那就是友誼的最核心問題——義氣！從生死相依到共創江山，從書劍恩仇到武林劍嘯時的惺惺相惜、傾囊相授，這種坦蕩和崇高，讓人看了熱血沸騰，這就是友情加上重義。金庸採取了一個完全不同的角度，他把負面化為正面，他寫神州大地的萬里河山，英雄人物任意馳騁其間，與天下豪傑互相結交，氣味相投，便成莫逆，一同出生入死，共謀大事。生活多麼自由，人生多麼豐富，只要朋友之間有情有義，世上的艱難險詐又有什麼可怕之處？

金庸說：「現在中國最缺乏的就是俠義精神。每個人，都是作為歷史長河中的一名過客，有個小朋友問我，來生願意做男人還是做女人，做郭靖還是做黃蓉？我說，不論做男人也好，做女人也好，都要做一個好人。我的所有作品都是宣揚俠義精神的，本意基本與打打殺殺的『武』無關……我主張現代人學俠義二字，是補課，是主張勇於承擔責任，擁有快意人生。俠義真的是個很遠大很美麗的世界。」「我喜歡那些英雄，不僅僅在口頭上講俠義，而且在遇到困難、危險的時候能夠挺身而出，而不是遇到危險就往後跑，我自己正是這樣努力去做的。遠離危險、躲在後面，這樣卑鄙的人在現實生活中卻有很多。」

金庸在台北參加遠流三十周年的演講時說：「台灣流行崇拜關公，關公的武藝高強沒有話說，但他真正受人崇拜，還在於他講義氣，所以民間社會稱他關公，他的地位和帝王爺同高。義氣在中國社會中是相當重要的品德，外國人和親朋好友講LOVE，中國人講情之外，還講義，所以要有情有義，單單有情是不行的。做生意談不成，沒關係，彼此之間的『義』還是在的，所謂『買賣不成仁義在』。武俠小說不管任何情況，這個『義』是始終維持的，歷史人物或武俠人物，『義』都是很重要的批評標準。」

很多看過金庸小說的人都喜歡去猜測，金庸最像他眾多小說主角的哪一個，是憨厚木訥的郭靖，是飛揚跳脫的楊過，是豪情萬丈的蕭峰，是優柔寡斷的張無忌，還是乖覺油滑的韋小寶……其實，任何一位小說主人公都只是金庸性格的一部分。知遇而知己，是金庸性格的體現。金庸雖然多次老實坦白自己與書中男主角並不相像，「我肯定不是喬峰，也不是陳家洛，更不是韋小寶」，但愛交朋友這一點，倒是毫無二致的。金庸大名滿天下，金庸朋友也是滿天下。

每個人背後都有他的故事，金庸寫的故事已家喻戶曉，而他自己和朋友們的故事，跟他的武俠小說一樣引人入勝。

這就是金庸自個兒的江湖：老師和朋友。——金庸的江湖師友

前言

一九四八年四月，《大公報》香港版復刊，金庸被派往香港。才到香港，金庸時時有一種「溫暖人情」的感覺：「初到香港，最鮮明的感覺是天氣炎熱，以及一句也不懂的廣東話，想不到在這陌生的城市一住就凡達五十年，大半個人生都在這裡度過。我在香港結婚、生兒育女、撰寫小說、創辦報紙，家庭和事業都是在香港建立的。在《明報》的朋友就更加多了……」、

相繼與金庸合作過的《明報》同仁中有老同學沈寶新，和潘粵生同畫文人辦報時代的同心圓，歷任總編輯中還有王世瑜、董橋、胡菊人、潘耀明……個個堪稱香港新聞出版業的大將。後來創辦「香港財經風向標」《信報》的林行止曾在《明報》資料室做資料員，受金庸賞識。長期以來，《明報》副刊的作者大多是金庸的朋友，如董千里、董橋、亦舒、蔡瀾、陶傑等。陶傑是金庸的忘年交，邀請他在《明報》當副總編輯，兼寫專欄……

《明報》有什麼魔法使得這樣精英輩出呢？

金庸自己作了回答，他說：「人和人之間的同舟共濟、榮辱與共在極端的環境和落難時刻變得分外重要。人生總是漂浮不定的，我們為什麼能夠穩住呢？好像船上有一個錨，我們有最傳統的信條，就是很簡單的，孝順父母、守時、對朋友好。」

心一堂　金庸學研究叢書

8

比賽贏球，你做前鋒我當後衛

——同學沈寶新

如果沒有沈寶新，《明報》會不會誕生並有日後的輝煌？金庸在異鄉遇上初中時的同學沈寶新，不能不說是一種緣。人生如匆匆過客，多少種相遇只是剎那蒔花，轉瞬即逝。青梅竹馬，勞燕分飛，再遇舊日伙伴，實是偶然中之偶然。

沈寶新與金庸是初中三年級的同班同學。金庸和同學合伙編小學升初中的教輔，賺了不少錢，曾經拿錢資助過沈寶新。一九四八年兩人在香港碰頭，金庸看中沈寶新在出版、印刷方面的經驗，拉他一起辦報，於是這才有了《明報》。

人生之可貴者，莫過於得良師益友，金庸與沈寶新這樣根深蒂固的友誼，令他們贏得了他們的事業，也成為金庸傳奇生涯的一段佳話。

（一）

說起老同學，金庸將沈寶新擺在第一位：「和我共同創辦《明報》的沈寶新先生，是我初中三年級時的同班同學。一九三八年開始認識，二十一年後的一九五九年同辦《明報》，精誠合作地辦了三十幾年報紙，到今年已四十九年。在共同辦報期間，挑撥離間的人很多，造謠生非的事常有，甚至到現在也還有。但我們互相間從不懷疑，絕無絲毫惡感。前年我因心臟病動大手術，寶新兄在醫院中從手術開始到結束，一直等了八個半小時。」①

沈寶新，浙江湖州人，比查良鏞年長三歲。

嘉興一中當年因為戰亂遷到麗水碧湖時，湖州人沈寶新與海寧人查良鏞在同一個班級。當時查良鏞是年級長，沈寶新是年級籃球隊員。沈寶新已經十八歲了，金庸只有十五歲。那一年是一九三八年。這年，查良鏞出版了他生平第一本書。當時合編了《獻給投考初中者》，不僅暢銷浙江，還遠銷到江西、福建，甚至重慶等省市。這本書的暢銷使查良鏞他們得到了不少的稿酬，使金庸不僅有了在抗戰期間的生活費，還使他有能力接濟一些有困難的同學。沈寶新就是受助同學中的一個。

一九七〇年，查良鏞在《明報晚報》創刊紀念會上深情地回憶道：「高中一年級那年，在浙江麗水碧湖就讀，曾寫過一篇《虬髯客傳的考證和欣賞》登在學校的牆報上，明報總經理沈寶新兄和我那時是同班同學，不知他還記得這篇舊文否？二十餘年來，每翻到《虬髯客傳》，往往又

①《探求一個燦爛的世紀（金庸／池田大作對話錄）》，北京大學出版社，一九九八，第一二七頁。

重讀一遍，我一直很喜愛這篇文章……」①

沈寶新記得，當年查良鏞考證《虬髯客傳》是我國武俠小說的鼻祖，曾寫過一篇關於《虬髯客傳》的論文，登在學校的牆報上。論文題目是《虬髯客傳的考證和欣賞》，主要考證該傳的作者是杜光庭還是張說，因為典籍所傳有此兩說，結果他發現還是杜光庭說證據較多。杜光庭是浙江縉雲人，是個道士，學道於天台山。在唐朝為內供奉，後來入蜀，在王建朝中做金紫光祿大夫、諫議大夫。王建死後，杜光庭在後主朝中被封為傳真天師、崇真觀大學士，後來退隱青城山，號東瀛子，到八十五歲才死，著作甚多。查良鏞提出了「中國武俠小說發源於麗水」的觀點，其時教高中三年級國文的老師錢南揚先生是研究元曲的名家，居然對此文頗加讚揚。

小孩子學寫文章得老師讚好，查良鏞自然深以為喜。

後來，金庸在編《金庸作品集》時，每一冊都是四百頁左右，而《俠客行》一書的篇幅不足七百頁，不夠編印成兩大冊，於是金庸將《越女劍》以及為任渭長的版畫「三十三劍客圖」所寫的一系列短文都收錄在書後，其中的第二篇是《虬髯客》，他分析指出：「這篇傳奇為現代的武俠小說開了許多道路。有歷史的背景而又不完全依照歷史；有男女青年的戀愛；男的是豪傑，而女的是美

① 查良鏞《三十三劍客图》，《明報晚報》，一九六九年十二月一日。

人（乃十八九佳麗人也）；有深夜的化裝逃亡；有權相的追捕；有小客棧的借宿和奇遇；有意氣相投的一見如故；有尋仇十年而終於食其心肝的虬髯漢子；有神秘而見識高超的道人；有酒樓上的約會和坊曲小宅中的密謀大事；有大量財富和慷慨的贈送；有神氣清朗，顧盼煒如的少年英雄；有帝王和公卿；有驢子、馬匹、匕首和人頭；有弈棋和盛筵；有海船千艘甲兵十萬的大戰；有兵法的傳授……所有這一切，在當代的武俠小說中，我們不是常常讀到嗎？這許多事情或實敘或虛寫，所用筆墨卻只不過兩千字。每一個人物，每一件事，都寫得生動有致。藝術手腕的精煉真是驚人。當代武俠小說用到數十萬字，也未必能達到這樣的境界。……但《虬髯客傳》實在寫得太好，不提負心的人如何負心，留下了豐富的想像餘地……」①

看過了這段文字，就可知金庸小說在橋段的鋪排和情節的剪裁，原來很受《虬髯客傳》的影響和啟發。金庸所開列出來《虬髯客傳》裡的橋段，在金庸小說中不也常見嗎？

一九四〇年七月，查良鏞在壁報上發表了一篇名為《阿麗絲漫遊記》的文章，諷刺由國民黨派到學校的訓育主任沈乃昌，被迫退學離校。查良鏞與沈寶新就此分離。查良鏞寫給沈寶新的贈詞是：「一席言把心深許，只有良朋笑問：考後還剩功課幾許？而今乍覺別離滋味，一向眼前常

① 胡塗《電影皇帝邵逸夫》，《百度傳課》第四十五期，二〇〇六年一月。

見心不足，怎禁得真個分離！須知不久須相見，一日甚三秋天氣……」

沈寶新後來在浙江大學攻讀農業經濟，畢業後曾在中國郵政、儲匯局銀行工作，一九四六年去了香港。

金庸好交朋友，十分念舊。在出名之後，他沒有忘記過小學、中學的同學，並經常出去和他們聚會。他說：「中學階段度過的歲月是我一生中最難忘也最快樂無憂的歲月，那時學習條件很艱苦，讀書使我有苦中作樂的感覺，那時候的同學是我一生中最要好的朋友和兄弟，我常從中體會到少年時代的美好和人生的深邃。我是小朋友，他（沈寶新）是大朋友。」①

（二）

一九四八年，查良鏞也到了香港，和分別多年的沈寶新在香港碰上了，老同學相見，自然很親熱，以後兩人就常來往。幾年後，查良鏞成了金庸，《書劍恩仇錄》、《碧血劍》、《射鵰英雄傳》、《雪山飛狐》先後在《新晚報》、《香港商報》上連載。沈寶新則在嘉華印刷廠當經理，印刷過《射鵰英雄傳》的單行本，是最早的「金庸迷」。

① 周振新《金庸大俠的中學時代》，《衢州日報》，二〇〇五年一月二十五日。

一九五八年，盜版翻印武俠小說的情況在香港非常普遍。當年金庸每天寫一千字，由於當時沒有版權的意識和法例的保護，因此金庸的小說，每七天就被人結集盜印成單行本出版。金庸在《新晚報》上連載的武俠小說，原是由三育圖書公司結集出版，但是三育圖書公司結集的速度，遠遠落後於盜印的速度。那天，沈寶新向金庸建議，辦一份自己的刊物，登載自己的武俠小說。他說：「與其給別人盜印成小冊子發行，不如自己印，自己發行，自己賺錢。」他算了一筆賬，金庸讀者至少有三萬人，自行出版，大可封了蝕本之門。

街頭相遇，閑談中金庸眼睛一亮：這位老同學對印刷業務精通，並且會經營管理……不僅如此，金庸已先後在四家大報任過職，對經營報紙的門徑，相當熟悉。當年金庸在長城電影公司，儘管小有所成，但是都未造成大的影響，並不十分得志。我們何不……

完全可以想像，這對少年時代的朋友在南國香江初遇時的那分激動。天作之緣，一拍即合，他們決定創辦自己的報紙。

沈寶新早年在中國郵政、儲匯局銀行工作過，有銀行、財務方面的工作經驗，到香港後做過印刷廠經理，積累了一定的出版印刷經驗。熟悉他的人都說他是「一個隨和、夠義氣的人」，人際關係好，對金錢從不計較，對朋友更重情義，又懂得經營管理。歷經幾十年的風雨滄桑之後，金庸回首往事，還感慨無比地說：「我們從小就認識，很要好，他對我很忠誠，我也對他很忠誠，但我們彼此走的路線不同，沈先生在市場管理，機器和發行方面比較拿手……我跟沈先生合作到退休，合作無間，兩人從來沒有吵過架，他對我很尊重，我對他很客氣，我們私交也不錯。我們兩人個性都很溫和，都不是斤斤計較的。」①

一九五九年初，他們註冊登記了野馬出版社，出八開的十日刊，以刊登武俠小說為主，刊名就叫「野馬」。「野馬」源自《莊子．逍遙遊》，取其「很自由、有雲霧飄渺」之意。這年三月，在《野馬》籌備出版前兩個月，他們租了尖沙嘴彌敦道文遜大廈四〇八室一個寫字間，可以放四張書桌，請了《長城畫報》的編輯潘粵生擔任編輯。

然而，出了幾期，《野馬》的銷路並不好。沈寶新認為，辦小說雜誌不如乾脆辦一份日報，報紙天天出，賺錢容易。金庸考慮後，覺得可行，最終決定改辦日報。一九五九年，一份叫《明報》的報紙在香港註冊。公司註冊資金十萬元，金庸佔百分之八十的股權，沈寶新占了百分之二十。這樣的股權比例一直維持到二十世紀九十年代。

那時員工不過寥寥數人，金庸是社長兼總編輯，還是主筆，負責編輯部的工作；沈寶新是經理，

① 冷夏《文壇俠聖——金庸傳》，廣東人民出版社，一九九五年，第四〇一頁。

負責報紙的經營（包括發行、廣告等），是營業部唯一的員工；編輯只有潘粵生（後來先後出任《新明日報》、《明報晚報》、《明報》總編輯）。由於人手不夠，金庸做記者出身的妻子朱玫也加入《明報》，跑香港新聞，與丈夫同患難、共進退，成為《明報》最早的港聞記者，也是第一位女記者。

一九五九年五月二十日，《明報》創刊號標明「本港零售港幣一毫」，「督印人沈寶新」等。發刊辭表明「公正、善良、活潑、美麗」的信條。同一天，《神鵰俠侶》開始在《明報》創刊號連載。一張紙，四開，四版，印數八千，沒有賣完。

起初，金庸心儀某種「家庭式」的報社架構，「大家最好像一家人般住在一起，所有員工都是家庭的一份子，工廠和住宅都在一起」。這或許是他初來香港時《大公報》類似的管理模式影響所致。金庸與沈寶新又鼓勵員工在報社內部兼職，一人幹兩三個人的活兒，拿一個半人的薪水。員工長期沒有規定的福利與保險，但有急事可以找金庸和沈寶新借錢，以致很多員工稱沈寶新為「老豆（老爹）」。金庸與沈寶新分工明確，一人管編輯部，一人管經理部，很多人都說這對搭檔是張季鸞、胡政之的翻版，也即繼承了「文人辦報」和「同人報」的報業傳統。

最初的一年半是慘淡經營的，有人說，《明報》的生存全靠金庸的武俠小說《神鵰俠侶》維持，這不假，但也有沈寶新的功勞。因為一份報紙最重要的是：及時印刷完畢，準時送到讀者手中，這樣才能保證它的信譽。一份銷量只有幾千份的報紙是不會受到印刷廠重視的，而《明報》在最初的一年多時間裡能夠生存下來，沈寶新有不小功勞。沈寶新以前長期在印刷廠工作，對印刷行業很熟悉，正是由於他的努力，發行量很小的《明報》才得以及時印出，準時送到讀者手中。查良鏞當初拉沈寶新入伙，也正是看準了這一點，沈寶新解除了查良鏞的後顧之憂，使他能全身心地投入到創作中去。

六月初，報社從九龍彌敦道搬到中環娛樂行，當年是午夜十二時截稿，凌晨出大樣。慎記印刷公司擔着多家報紙的印刷。為了早出紙，沈寶新經常到了晚上排字的時候，請排字鋪的伙計吸烟，希望他們先排《明報》的稿。凌晨三時報紙出版後，沈寶新又穿着睡衣到印刷鋪，帶着江浙口音的廣東話對印刷工人說：「食烟、食烟。」逐個工友派發香烟，務求慎記工友善待《明報》。當時九龍報販到香港島取新聞紙，還是要坐「嘩啦嘩啦」小汽船。報紙過了凌晨三時才出版，許多報販就不會要的了，這樣也會直接影響報紙銷量。

為了使報紙可以提早出版，一九五九年十一月，《明報》又再轉交給荷李活道三十號的景星印刷廠承印。到了一九六〇年三月，《真欄日報》學《銀燈日報》用粉紙印，不再交慎記印刷。沈寶新知道這件事，馬上與慎記接觸，再把《明報》交給慎記印刷，取代了原來《真欄日報》的印報時間，可以早點把《明報》付印。通過沈寶新的努力，生產製作上的障礙暢通了，也有助《明報》增加銷量。

從一九五九年到八十年代中葉，《明報》還沒有建立起退休金制度，沒有醫療保險，更沒有在職訓練、康樂等的津貼。員工在經濟上碰上急需，如購買樓宇、結婚，就會向兩位股東借錢。經理部的員工，會向沈寶新借；編輯部的員工，會向金庸借。金庸、沈寶新也會很爽快地借給他們，而且不收利息，還款期亦可以拖得很長。機房的工人因賭博輸了錢而向沈寶新借，沈寶新也會借出，因此被員工們稱之為「老豆」（即父親）。在員工心目中，沈寶新已經不再是單純的「老板」了。沈寶新對於自己被員工尊稱為「老豆」，頗感自豪。

長於經營管理的「銅筆鐵算盤」沈寶新，自《明報》創刊以來一直負責經理部的全部工作，金庸從不干預。其間挑撥離間的人很多，造謠生非的事常有，但他們相互間從不懷疑，絕無絲毫惡感。對於編輯部的各種錯誤疏忽，沈寶新從未有一句怨言，他也從未一次看過經理部的大小賬簿（偶爾查閱薪水、成本等，目的只在做計劃，而非審核）。金庸說：「我們互相絕對信任。」長期以來，《明報》除了日晚報，明報集團的月刊、周刊、書籍都由沈寶新個人全資的新昌印刷有限公司代印，僅一九八六年到一九九〇年十月三十一日，五年七個月間付出的釘裝、印刷費就有一億六千三百二十萬港幣。他因顧全老同學情面，也不作改變。

（三）

《明報》最初只是一份四開報紙，屬於名副其實的「小報」，共分四版，第二、三版是「野馬」，刊登金庸的武俠小說連載，報紙沒有新聞。

《明報》初創時期，銷路一直不好，引致嚴重虧蝕，據說，有段時間金庸是靠典當來維持《明報》。幸好金庸有沈寶新這個好拍檔，出錢又出力；妻子又身體力行，甘心與丈夫捱苦；而一班下屬也肯拼搏、肯捱苦，就算沒糧出都無怨言；他們總希望《明報》可以熬過去。

在出版的第十八天，《明報》才由「小」變「大」，成了一張對開的大型報，增設了國際新聞版和港聞版。這個由小報變大報的決定，最先是沈寶新提出來的，純粹是出於商業的考慮，拿香港的社會新聞吸引讀者，同時大量增加廣告。

二十世紀六十年代初期，色情廣告在香港報刊上出現的情況非常普遍，《明報》堅持不刊登這類廣告，有時甚至連經理部收了訂金，主管廣告業務的沈寶新也會把訂金退回，堅決不予刊登。沈寶新認為，如果一家報章一旦刊登黃色廣告，這些廣告便會愈來愈多，會嚴重影響報格，所以《明報》自創刊以來，雖然初期經濟非常困難，也絕不收黃色廣告。

沈寶新堅持以增加報紙銷量來吸引廣告客戶。在他的創意下，《明報》不定期推出「有獎填字遊戲」，這種遊戲，一直持續到一九六〇年年中為止。第一期填字遊戲在一九五九年六月二十三日見刊。「有獎填字遊戲」的獎品，會是伊人牌高級優質「T恤衫」一件，或是高級餅乾一罐，或是名貴絲襪一對，為了鼓勵參加者買《明報》，填字遊戲會分兩日舉行，參加者一定要填好連續兩天的表格，才能符合參賽資格。

《明報》創辦時是沒有馬經的，創辦人相信唯一可以依賴賣錢的是金庸的武俠小說。《明報》第二股東沈寶新喜歡賽馬活動，也認為《明報》需要馬迷的支持，於是向金庸鼓動要辦馬經版，開始金庸不喜背上誨賭之名，對辦馬經版並不熱衷。沈寶新再三說服了朱玫，在「枕頭風」的吹拂下，金庸終於答應嘗試一下。一九六一年二月一日，《明報》正式推出馬經版。

沈寶新出面，重金禮聘專業馬評人簡而清、簡而和兄弟擔任馬經版主編。平日有三至五欄為馬經，賽馬日則加印半張紙，除了第四版有一半版位是馬經排位消息之外，增刊的半張紙，兩版都是馬經，有賽前對各場馬匹的各種分析文章，還有各類賽馬貼士，供讀者參考。為了爭取馬迷讀者，賽馬日當天下午六時，還會增發第二次版，把當天賽馬及大馬票揭曉結果同時公佈，比其他日報搶先一天見刊。

大股東金庸雖然一直反對大辦馬經版，但是為了報紙的生存，爭取更多的讀者，又不能不大辦馬經版。在這個矛盾當中，沈寶新只好把辦馬經版的行為合理化。在簡而清兄弟主持之下，《明報》別開生面地主辦了「明報杯貼士賽」。遊戲規則很簡單，由《明報》馬經版出面邀請十四位馬評人參加，每人在每個賽馬日只可以猜一場頭馬，然後在整季賽事當中累積猜中頭馬次數最多、贏得累積獎金最多的奪魁。這種做法，在當時香港報刊界中是一種創新的方法。沈寶新特意向金庸說明，這是抄襲自英國權威體育報《體育生活》的「體育生活挑戰杯」貼士賽的。這麼多馬評人願意參加《明報》的「貼士杯賽」，無形中也提高了《明報》在馬迷心目中的地位。①

馬經版為《明報》帶來了讀者和廣告。每逢賽馬日，報攤上就較難買到《明報》了。到了一九六一年下半年，《明報》銷量已爬升到二萬二千多份；一九六二年上半年，每日銷量近三萬份。《明報》已經擺脫了銷數在一萬多份上下徘徊不前的困局。一九六四年，《明報》版面從日出對開一大張擴充為對開兩大張，具備了中型報紙的規模。一九六五年以後，日發行量穩定在八萬份以上。

「對開大報，版面擴容了，良鏞你可以寫連載小說，還可以自寫評論麼。」沈寶新對老同學說。這時候，內地的政治氣候正是「山雨欲來風滿樓」，沈寶新建議金庸為《明報》樹立「言論獨立」的形象。於是，《明報》開闢「北望神州」版，每天刊登有關內地的消息，滿足了香港人對內地一無所知的需求。

① 張圭陽《金庸與明報》，湖北人民出版社，二〇〇七，第六〇至六一頁。

一九六八年，《明報》日發行量迅速突破十二萬份，以後穩定在十萬份以上，在香港日報中穩居第三位（僅次於大眾化的《成報》、《東方日報》），成為香港最具有代表性的嚴肅報紙。

能不能再提高《明報》的銷路？金庸問。沈寶新說：「我們可以效法《星島日報》，在星期日加送一張副刊。」金庸說：「可以試試。」當即沈寶新便找來外埠報紙《南洋商報》一齊合作，在香港及南洋各地齊齊發行。這張隨星期日《明報》贈送的副刊，名為《東南亞周刊》，主要是報道娛樂圈的消息。

周刊推出後大受讀者歡迎。沈寶新向金庸建議，可將副刊辦成一本獨立的娛樂周刊，只要加多一些彩色，走一些適合家庭婦女閱讀的軟性文章，必定有銷路。於是，《明報周刊》正式創辦了。一九八九年，《明報》發行量上升到十八萬份，發展成為一間擁有月刊、周刊、晚報「七兄弟姊妹」及出版社的報刊集團。

儘管是大報低酬，仍然趨之者眾，說是趕着求着開專欄的知名作家、名嘴卻是一點不少，如張小嫻、亦舒等都是從《明報》出的名。《明報》的專欄版有着崇高的江湖地位，在《明報》開專欄是身份的象徵。在《明報》都開過專欄，還怕搞不到錢嗎？這就是因為《明報》是一份擁有獨立報格的知識份子報刊，在精英、在高端人士中是最受歡迎，也是最有公信力的報刊。

不光報紙是權威，《明報》培養出來的人才，那巨大的人脈也是《明報》巨大影響力的來源之一。香港的文化人，多少都跟《明報》有過關係。如林山木一九六〇年代加入《明報》，先在資料室做資料員，受到金庸賞識被派往英國學習財經，後任《明報晚報》副總編輯，後來自立門戶建立《信報》，成為香港經濟學的教父級人物。《成報》總編輯韓中旋與小說家江之南都曾經是《明報》的編輯。曾以散文廣受歡迎的張君默是《明報》的記者。創辦《新夜報》的王世瑜曾經是《明報》校對兼送稿生。胡菊人加入過《明報月刊》。香港文化界的半壁江山都與《明報》有着關係，因為那巨大的影響力。所以，金庸在香港的文化和出版界，悄然有「幫主」之地位。

《明報》佇立於香港三十年不倒，沈寶新功不可沒！金庸與沈寶新共同奮鬥，支撐着《明報》慢慢走出困境。金庸以他的武俠小說和著名的政論吸引讀者，沈寶新在經營手段上努力，合作三十多年，兩人從來沒有吵過架，相互信任，相互尊重，兩人性格溫和，從不斤斤計較。金庸後來回憶沈寶新的時候說過，交朋友要在年輕時候交，可靠。

（四）

一九八九年五月二十日，在《明報》創刊三十周年茶會上，金庸突然宣佈辭去社長一職，只留任明報集團董事局主席職位，表示將逐漸淡出江湖。當時，《明報》已是市值約十億、赢利約一億港元的大型報業集團。

他對沈寶新說：「《明報》內部所有的人只聽我一人的話，可以說是成功，也是失敗。成功是效率高，要辦什麼馬上可以辦到；失敗是我離開了，事情就辦不成了。」又說：「報館由一個人控制，一個人死了，報紙就不能生存；要是制度化了，即使個人被暗殺，報紙還是可以營運下去。」「我要使《明報》公眾化，讓許許多多人來參與，否則我一旦死了，《明報》四分五裂，就此垮台。」他希望《明報》能擺脫「一人報紙」的困境。一九九一年三月二十二日明報企業有限公司在香港聯合交易所上市。當年年底，金庸將《明報》賣給了于品海。

一九九三年三月，金庸前往山東旅遊，在蓬萊閣看海時，應管理人員之請，即興題詩：「蓬萊極目覓仙山，但見白雲相往還。放下無求心自在，琼宮仙境即人間。」回到香港，他將此詩抄了贈予共創《明報》的老搭檔沈寶新。

那天，一輛黑色的賓利緩緩停在了路口停車區，車門很快被打開了，走下來一個看上去只有三十多歲的年輕美艷婦人，她戴着一個如今香港正流行的大大蛤蟆鏡，下了車後女人往四周看了看，這才回過頭去對車子裡說了一句話，然後小心翼翼地攙扶着一個老人走下了車來。

「上海會館」，林樂怡看了一眼熟悉的菜館，笑着跟金庸說：「老爺子，看來今天請你的人誠意很足，連你喜好吃上海菜都打聽的很清楚。」

金庸只是笑笑卻沒回話，眼中卻多了一份思考。

「這頓飯恐怕不好吃。」有這個想法的還有另一個人，就是沈寶新。今天突然接到赴宴請帖，沈寶新雖然被對方話裡的暗示搞得一陣心跳，但聽說一起接到了邀請的還有老伙計金庸，只是思考了一下便答應了，有心想要看看對方葫蘆裡賣的什麼藥。

儘管已經是十二月的天了，而且菜館包間裡也開了空調。但沈寶新此時額頭上還是隱隱浮現了一些汗珠，原因只有一個，那就是坐在自己不遠處，臉上一直帶着微笑的年輕人。

雖然已經猜到了對方的目的，在此之前已經想過了各種拒絕跟回答的方式，但是，沈寶新完全沒有想到，對方一上來就擺明了車馬直指中心：「今天請兩位來，是有些事情要跟兩位談，我有意以股價溢價的方式，分別從查先生跟沈先生手上買下全部股份，希望兩位答應我……」

不比金庸，沈寶新雖然也是明報創始人，但他身上卻沒有金庸的那麼多光環。他是一個合格的管理者，更是一個合格的商人。也因此很清楚，以現在的財勢，若是想要強行收購明報，就算受到狙擊而失敗，元氣大傷的也只會是他們明報。

當下按捺下了被人當成板上魚肉的不爽，好言勸道：「若我沒有記錯，于老板的主業應該是電影和酒店吧，怎麼突然又想收購我們明報呢？」

于品海哪裡會給他的一句勸說就勸退了，他的語氣依舊平淡卻咄咄逼人：「收購明報我已經志在必得。希望沈生能夠考慮一下，把你手上的股份賣我，當然，我也不貪心，如果我沒記錯，明報上市之後，沈生你手上的股份已經從二十薄到了十五，後來又套現了一些，現在應該只剩下十三%左右。我願意以現在明報最高價溢價三成，收購沈生你手上的明報股份。」

對方顯然下了一番狠功夫，連他在明報上市之後，先後套現了多少股份都知道，很明顯是對明報志在必得。

自年初金庸做主引入于品海後，雖說他已經是明報的最大股東兼董事會副主席以及明報報業總裁三大身份，但圍繞着明報的權力交接也才剛剛開始而已。比如現在的明報報業集團董事會主席還是金庸，而沈寶新也不過剛剛辭去總裁一職，還兼任着明報執行總監、集團董事等職務。

金庸坐到沈寶新身旁的席位，說：「寶新兄，你知道，過去大約十年中，我熱衷尋求一個聰明能幹、熱心新聞事業、誠懇努力的年輕人，可以將《明報》交托給他。如果不是我運氣好，不會遇到于品海先生這樣似乎度身訂做的、比我所想像、所要求更加精彩的人才。」

沈寶新不語。當初金庸吸納于品海進來，沈寶新其實並不贊同。前兩年金庸認為自己年事已高，準備辭職退休時，他便建議過讓金庸的二子接管，被金庸以他的二子能力未逮拒絕後，他又先後提議過效仿邵逸夫讓金庸的那位美艷又極富才學的嬌妻林樂怡接手明報，又或者是聘請職業經理人管理，而他仍舊兼任董事長一職，把握集團的戰略發展。

金庸是個自信又自負的人，他對職業經理人從來都不相信，反而對沈寶新提議的讓妻子林樂怡接手明報心動過，不過他提前在明報內部通氣時，卻沒能得到一幫老臣子的理解，支持者只是少數。而且隨後爆發的ＴＶＢ（由邵逸夫創辦）挖角風波中，邵逸夫妻子方逸華成為各大媒體攻擊和指責的焦點，事因是她接管了邵氏產業，這讓金庸擔心妻子林樂怡的掌管能力，不願將明報輕易交予她，所以才對外放出了要賣明報的消息。

于品海這個來自資本界的收購狂人，要說本事其實還是有的，當年他以零成本收購菲律賓上市公司樂居酒店（馬尼拉希爾頓酒店的擁有者），完全就是靠的空手套白狼。

金庸也是看中了他的能力，所以才在於品海登門拜訪他，表示願意接手明報後，沒有答應別人開出的更優厚的收購價格，反而把自己手上的三成股份賣給了他，助他成為明報的新業主。而自他入主明報以來，也確實一改金庸時期太小家子的弊端，大力聘請記者、狗仔，刊登了一些原本在金庸時期不可能刊登的新聞和政評，讓明報上下所有人都察覺到了變化。

原本因為時間太短了，還看不出來這種變化是好是壞。現在，于品海主動找上了門來，收購沈寶新那份股權。

顯然，金庸是讚許于品海的，對此沈寶新並不吃驚。

于品海看了一眼欲言又止的沈寶新，說：「我將在近日舉行新聞發佈會，就前些時候民眾關心的一些問題進行解答，向全港數十家大小媒體發出邀請。」

邀請一出，香港媒體齊齊震動。

最終，沈寶新支持了金庸的決定：「良鏞，三十多年來，你關於《明報》的任何大小決定，我從來沒有反對過一件。這最後一個決定我自然也欣然同意。我和你初中同級時，你是級長。我打籃球，是級隊選手。我只求比賽贏球，至於做前鋒還是後衛我隨意，你做前鋒我當後衛，毫無問題。我們辦《明報》大贏，年紀大了，自然要退居後衛。《明報》現在還大贏特贏啊！」他將自己的《明報》股權轉讓給了于品海。

一九九四年三月三十一日，明報企業有限公司宣佈，從當日起，金庸及沈寶新退休。

《司馬卓傳奇》作者「郁秋」

——首任《明報》總編輯潘粵生

潘粵生試寫的新武俠《司馬卓傳奇》開始在《明報》副刊連載時，筆名「郁秋」是金庸起的。「後來，我真有點後悔。」潘粵生在面對媒體記者採訪時，淡淡吐出這句話：「想不到報紙會辦得那麼成功，而且還賺了大錢。」①不錯，如果他也是股東，於今何苦再營營役役。

潘粵生不僅是當年《明報》的老總，還是《明報》的創辦者，替金庸當了三十多年的助手。三十多年的日子，低調的潘粵生只默默埋首編務，只愛躲在咖啡店裡構思、書寫《夜話》，就這樣度過了他的青春。

（一）

那年，金庸已寫了三部武俠小說：《書劍恩仇錄》、《碧血劍》、《射鵰英雄傳》，名震香港，名震東南亞。金庸見有機可乘，想借「大俠武夫」的威名辦報創刊，打出一片自已的天地來。

① 黃仲鳴《猶記當年「夜話」時》，香港《文匯報》，二〇〇五年十二月十一日。

一九五九年三月，金庸離開長城電影公司，與中學同學沈寶新註冊登記了野馬出版社，原先打算辦一份小說雜誌，又突然改變主意，改為出版報紙，因為報紙天天出，賺錢更容易。於是，兩位股東匆忙着手籌備出版日報。

俗話說「一個好漢三個幫」，金庸還想找一個助手，他立刻想到了比他小十一歲的潘粵生。

潘粵生是廣東惠陽人，七八歲時，父親將他藏匿在一艘郵輪的小貨艙裡帶到了香港。後來在長城電影公司，金庸第一次與他謀面時，曾經問他是怎麼來到香港的，他說：「我是從潮州游泳過來的。」其實，當年郵輪到達香港靠岸時，潘粵生偷偷下水游上岸，躲過了海關的檢查。

一九五六年前後，在求學時期，潘粵生曾撰寫散文和影評，投稿給《新晚報》副刊「下午茶座」的「大家談」及《大公報》的「大公園」影評。金庸先後主編過這兩個版面，雖然與潘粵生素未謀面，但卻頗為賞識他的文章，尤其是他的影評。金庸認為潘粵生的影評寫得很好，僅次於他自己的水平。因此在潘中學畢業後，介紹他到《長城畫報》當助理編輯，成為畫報兩位編輯之一。另一位女編輯黃夏後來成為潘粵生的太太。

一九五七年初，金庸離開《大公報》進入長城電影公司當編劇，短短三年就先後創作了《絕代佳人》、《蘭花花》、《不要離開我》、《三戀》、《小鴿子姑娘》、《午夜琴聲》等電影劇本，可謂是多產編劇了。後來他又學習導演，好在既有才氣又肯下功夫，於是他不久便與人合作導演了影片《有女懷春》、《王老虎搶親》等。當時他的筆名叫「林歡」。

看着金庸又編又導的，本來就喜歡看電影寫影評的潘粵生不禁手癢癢了，私下裡也寫起劇本來了。潘粵生曾經編寫過愛情喜劇《我們要洞房》、《多謝老板娘》、《迷人的假期》等多部電影劇本，其中的《迷人的假期》，金庸推薦給了《信報》前總編輯沈鑑治製片。片子拍完了，沈鑑治在《長城畫報》撰文，介紹電影《迷人的假期》製作的經過，說曾經三次修改劇本，把年青的編劇潘粵生「磨得尖瘦」了。四十多年後，潘粵生重看《長城畫報》的這段文章，看見自己當年的人像素描，不無感慨。

潘粵生編劇的《少奶奶的絲襪》把一部在四五十年代已經爛套的劇情講得有聲有色。故事描述兩家絲襪廠為了推銷絲襪各出奇謀，其中不乏安插臥底人員，涉及高智商犯罪。男主角經歷翻牆，爬樹，用絲襪做繩索，終於把心愛的玫瑰牌絲襪送給了心上人……競爭對手之間的間諜戰轉變為愛情，略帶中國幽默與美式嘻哈的融合，令人耳目一新。金庸看過這個劇本，還說要自己動筆為他寫一篇影評刊登在《明報》副刊上，後來因為他去了歐洲開會，也許給忘了，沒寫。

影片於一九七二年拍攝上映，金庸觀看後，一見到潘粵生，開玩笑地問他：「你是從潮州游泳到香港來的?」這句話是劇中的一句台詞。

一九五九年的香港，充斥了難民、小市民、移民和殖民者，雜零狗碎的市民文化大行其道。而武俠小說就正好滿足了民眾的此種需求，金庸的武俠小說一時石破天驚，人手一冊，大有「前不見古人，後不見來者」的氣勢。也因此金庸發現這是一個賺錢的行業，於是伙同中學同學沈寶新籌備出版日報。這就是出資十萬於一九五九年出籠的《明報》。

那日春光明媚，三人聚於尖沙嘴彌敦道文遜大厦一個小小寫字樓內，密謀大計，為報名煞費思量。才高八斗的金庸，想爆腦袋也想不出一個好名字來。倒是潘粵生靈機一觸，說:「叫《明報》怎樣?『明』有『明辨是非』之意。」

金庸一聽，大表贊同，沈寶新也拍案叫好，就這樣，一份影響深遠的報紙就這樣誕生了。「野馬」作為報紙副刊，名為「野馬小說」。

金庸一生，與「明」字有着無法捨棄的情緣。在他看來，明，就是「明理」，也象徵着光明。在《倚天屠龍記》中，他還寫了「明教」這麼一個組織。他一手創辦的明報機構一天天壯大，除《明報》、《明報月刊》、《明報周刊》外，還有了《明報晚報》和「明河出版社」。一九八七年，又成立了「翠明假期」，經營美加、澳洲及歐洲的高級旅遊業務。

潘粵生提出的一個「明」字，經過金庸的創造性發揮，成為《明報》的辦報宗旨，金庸說：「《明報》的『明』字，取意於『明理』、『明辨是非』、『明察秋毫』、『明鏡高懸』、『清明在躬』、『光明正大』、『明人不做暗事』等意念，香港傳媒界有各種不同的政治傾向，在政治取向上，我們既不特別親近共產黨，也不親近國民黨，而是根據事實作正確報道，根據理性作公正判斷和評論。」在《明報》當日的發刊詞裡，金庸即表明這張報紙要維護「公平與善良」的立場。

那時香港的報紙，大體有兩類，一類是比較高層次的如《星島日報》、《華僑報》等；另一類是低層次的如《響尾蛇》、《超然》等，以色情為招徠，迎合男性讀者的低級趣味。早期的《明報》以小說及趣味資料為主，每日出版一張。三十五歲的金庸希望《明報》成為一份「走偏鋒」的小報，利用小市民感興趣的話題，再配上他的武俠小說吸引讀者，發家致富。

金庸邀潘粵生擔任《明報》的總編輯，潘粵生便辭了《長城畫報》編輯之職。

（二）

張圭陽在《金庸與報業》中引用了潘粵生的一句話：「要是沒有金庸，香港也會有一份知識份子報紙出來，但品位會不一樣，因為《明報》體現了金庸的品位。」

創刊初期，報社人手很少，連股東及職員在內只有五人。大股東金庸負責編輯部，編輯部之下只有一位員工，就是潘粵生。金庸兼社評主筆及武俠小說專欄作者之職，又要照顧第一版之大樣編輯工作。其余的編務工作，一概由潘粵生負責，包括為第一、二、三、四版組稿、約稿、寫稿及編輯工作，兼看二、三、四版大樣，碰上金庸出缺，又要兼顧第一版的大樣。第二股東沈寶新負責經理部的一切事務，包括印刷、出版、發行、廣告、總務等。一年以後，人手增多了，三個人的職位才明確下來，金庸為社長，沈寶新是總經理，潘粵生便是首任總編輯了。①

儘管他們不斷更改副刊內容，改變新聞路線，金庸更是抱病撰寫《神鵰俠侶》，但是《明報》還是一步步滑向「聲色犬馬」之路，銷量在千份之間起伏，第一年虧空嚴重。潘粵生記得：「查先生那時候真的很慘，下午工作倦了，叫一杯咖啡，也是跟查太太兩人喝。」那時，金庸住在尖沙嘴，深夜下班時天星小輪已停航，要改乘俗稱「嘩啦嘩啦」的電船仔渡海。電船仔每次要等齊六個人才能開船，船費比較便宜。如果要即到即開，需要包租費三元。他們夫婦寧願捱着深夜涼颼颼的風等待，也不願包船過海。咖啡、渡船不過是其中兩個平常的故事而已，當年的艱苦可想而知。

金庸對身邊的潘粵生他們說：「辦報紙很辛苦，希望大家辦好《明報》，把《明報》作為自

① 張圭陽《金庸與明報：武俠名家畢生的事業》，《明報月刊》，二〇〇七年九月十日。

己的事業，永不分手。」①前期創業階段，《明報》以金庸的武俠小說扛鼎，但編輯路線其實是總編輯潘粵生把握。因為《明報》何去何從，金庸自己心裡也沒有譜。

從五十年代至七十年代末期，《明報》副刊一直維持着兩個版位，一版為小說，另一版為雜文。馬經、足球、讀者信箱等，當時並不被視為副刊。潘粵生說：「《明報》不倒閉，全靠金庸的武俠小說。」當時金庸的武俠在《商報》上連載已擁有大量讀者，許多人為了看金庸武俠，開始關注《明報》。慢慢的，金庸的武俠小說打穩了《明報》基礎。此外，金庸還親任社論主筆，成為吸引讀者的另一塊黃金招牌。那時他下午寫小說，沉浸在虛構的古代江湖刀光劍影裡；晚上則寫社論，又在現實的世界中「神鵰俠侶」起來。

《明報》自然高手如雲，首先三位老板查良鏞、沈寶新、潘粵生都非同等閑，其中潘粵生就是「佘過」，他寫的《四人夜話》很快為讀者所熟悉。明報副刊自然網羅了不少名家好手：包括張徹、黃霑、哈公、倪匡、林燕妮、亦舒、嚴沁、王亭之、石琪、項莊（即董千里）、張君默、何紫等。至於《明報》的編輯陣容，也不簡單，採訪主任龍國雲（即寫食經的陳非）、副刊編輯現代詩人蔡炎培、投園版的李翠麗、把影視版搞得別開生面的孔昭，全都網羅其中，且不管他們做得是否開心如意，

① 傅國湧《金庸傳》修訂版，浙江人民出版社，二〇一三，第一三二頁。

但都為這份報紙攜手共進，增添光彩。

一九六二年五月的移民潮剛結束，六月八日，《明報》第一版刊登了「自由談」徵稿啟事。後來，金庸執筆回答讀者來信，說：「《明報》尊敬知識高深的讀書人，願意接受他們的指導，但我們真正的朋友，永遠的死黨，都是廣大的小市民。」①這是金庸親自為潘粵生主編的副刊掌舵定向。

副刊作者大多是社長和總編輯的老朋友，習慣於直接與他倆接觸，這兩個版位的約稿自然由金庸或潘粵生負責了，兩版的編輯只是扮演催稿、校對的角色。因而，副刊上的許多欄目名稱出自金庸或潘粵生之手，如「一笑會」、「青春」、「童心」出自金庸；「荒謬」、「自由談」出自潘粵生。②

宋玉（王季友）和高雄是香港有名的兩位專欄作家，與潘粵生交情不淺，潘粵生說服金庸以加倍的稿酬將兩位聘為專欄主筆。宋玉不只為《明報》寫了一個副刊專欄，還化名以史得、凌侶為《明報》寫雜文，又為《明報》寫社評式的「明人閑話」評論；高雄以「三蘇」為筆名的怪論雜文，更吸引了許多讀者。如潘粵生所言：「無宋玉不成副刊，無高雄不成副刊。」③

這樣，潘粵生嚴格按照金庸的意圖，經常刷新版面，更替寫手，《明報》一改報格，從一份

① 金庸《談「自由談」》，《明報》，一九六二年七月二十一日。
② 查滄珊《金庸與明報》，《金庸吧》，二〇〇七年十一月二十八日。
③ 許永超《中間位置的求索與香港〈明報〉的崛起》，《學術交流》，二〇一五年第七期。

側重武俠小說、煽情新聞和馬經的「小市民報章」，提升到一份為讀書人、知識份子接受的報章。

那一段日子，潘粵生雖然吃苦，但也快樂。尤其是在報端塗寫的《四人夜話》專欄，更為他帶來名聲。《四人夜話》最先在《明報》副刊連載，然後由明窗出版社結集出版。在新一輯的《夜話》裡，金庸寫序介紹說：「《四人夜話》是人的故事。雖然其中一部分故事談到鬼，但仍然不是鬼故事。一般鬼故事大多消極、低沉、悲觀，看後使人心情抑鬱，純然為傳播迷信；《四人夜話》絕非如此。……這些是成人的童話、寓言，浪漫、大膽、激動人心，有時令人低迴，有時給人啟發，有時會心微笑，有時拍案叫絕，每看完一個故事，讀者必略有所得。」所謂「四人」即是日本人、美國人、英國人、法國人，四種人分別說出一個符合該國國情、文化的玄怪故事。

一九六五年，新加坡建國。一九六七年，新加坡《新明日報》創刊，這是金庸與「驅風油大王」梁潤之共同投資創辦的一份都市報，金庸出任社長，總編輯是潘粵生。創刊伊始即以金庸新作《笑傲江湖》為招攬，率先在小說版推出，香港的《明報》反而落後一兩天才見報。當時新加坡華文報每逢公眾假期便不出報，而香港的報紙除了華人新年，其他時間都照出不誤。因此不用多久，《明報》連載的《笑傲江湖》便追上來，且很快就超過《新明日報》。但金庸仍然每天把在香港寫好的《笑傲江湖》原稿，和其他港報一起空運來新加坡。

創刊之初，潘粵生標榜《新明日報》具有五大特色：獨家刊登金庸武俠小說，副刊名家匯聚，篇篇傑構；娛樂版獨有消息，專爆珍奇內幕；通訊網遍佈全球，天天有各國現狀報道；「天下事」版資料最豐富，包羅萬有名家主編「馬經」，當日下午報道大彩結果。當時《新明日報》出紙六大張，售價一角，很快銷量上升，成為新加坡的一份大報。

五月，香港因新蒲崗一間塑膠廠的勞資糾紛，而引發「左」派人士借此發動群眾要「鬥垮鬥臭港英政府」。從此，香港發生了許多流血騷亂及「波蘿」（炸彈）爆炸案。這動亂期間，《明報》從社評到新聞，以至副刊立場，都在批評左派人士，並認為「反英抗暴」運動有違香港人的利益。香港「左」派激進派分子也因此對《明報》及其他立場反「左」的傳媒進行各式更猛烈的攻擊。

緊接着，香港發生暴動，金庸成了左翼分子的眼中釘，生命受到威脅，為避難飛抵新加坡暫居。潘粵生在總編輯室裡給他添了一張辦公桌。每天下午三時左右，金庸就到報館來，一坐下便取出稿紙。他的稿紙是特別印制的，每張約五百字，格線是深灰綠色。鋪好稿紙，他即開始抽烟構思，在繚繞烟霧中執筆書寫。金庸寫得並不太快，時不時抬起頭，抽着烟，出神一會兒又低頭寫幾個字。他每寫滿一張稿紙就放在一邊；排字工友在外面等着，看到一張寫完，即連忙推門進來，拿了出去發排。金庸寫小說時，沒有草稿，大多當場一面構思，一面動筆。這樣《新明日報》和《明報》

連載《笑傲江湖》的情形即反轉，變成《明報》的小說落在新加坡之後，因為金庸就是在《新明日報》編輯室裡續寫《笑傲江湖》的。①

在那段日子裡，潘粵生與金庸除了互相點頭微笑外，他們之間很少交談。金庸沉默寡言，潘粵生也不善言辭。因此，雖在同室辦公，卻是各人忙各人的事。金庸若沒有寫東西就在辦公室裡閱讀。過了約一月餘，香港暴亂漸趨平息，金庸即動身回去。以後，每年他會來新加坡一兩趟，每次都宴請潘粵生和編輯部同事。

回到香港以後，金庸下決心辦一本獨立的周刊。一九六八年十一月，他將《明報》副刊由十六開改為八開，增加頁碼，不再隨《明報》附送，而是獨立發售。他將潘粵生從新加坡召回，任《明報周刊》的主編。

《明報周刊》不是香港第一本周刊，在它之前，已經有《星島虎報》的《星島周刊》。一開始，不少人認為金庸的計劃一定失敗，周刊向來都是免費贈送的，突然要讀者自己出錢去買，會影響銷路。而且當時的報紙，一份也不過一角，《明周》卻要賣五角，勢必無法競爭。潘粵生相信金庸的眼光，他覺得香港當時還沒有獨立的娛樂周刊，如果在周刊內多一些彩色，多登一些適合家

① 江迅《金庸〈笑傲江湖〉手稿獅城發現》，《亞洲周刊》，二〇〇七年十一月十九日。

庭婦女閱讀口味的文章，不但大有銷路，而且前途無量。

當時正是「六七暴動」之後，香港的秩序已經恢復，經濟開始復蘇，《明報周刊》的出現正好符合小市民的閱讀趣味，滿足他們獵奇、獵艷的心理，休閑享樂的心態，與《明報月刊》走知識份子的高雅路線不同，潘粵生走的是軟綿綿的媚俗的路線。他大量聘用女記者，女編輯來採編娛樂圈新聞，因為女性更懂得女性的心理。

潘粵生不斷探索，大膽創新，到處挖掘娛樂圈的秘聞，經常刊載獨家的娛樂新聞，由於他當過電影編劇，寫過影評，與許多影視歌星有交情，不少明星願意向《明周》披露一些私生活和感情秘密。在他手裡，逐漸將《明報周刊》變成了一本娛樂周刊，重點報道娛樂圈的消息，開創了香港娛樂周刊的先河。由潘粵生首任主編的《明報周刊》是香港歷史最悠久、發行量最大的娛樂周刊。

一九六九年十二月，《明報晚報》創刊，潘粵生任總編輯。

潘粵生與金庸共事三十多年，彼此很有默契。潘粵生認為，彼此只說一句話，便已能領略對方的全部意圖。《明報》的副刊編輯，也一如新聞版編輯一樣，經常猜測揣度老板的意圖。《明報》副刊成了反映金庸意圖的一個園地。這點是外界難以理解的。

也是《明報》專欄作家的沈西城這樣評說潘粵生：「處事、行文都有查先生的作風，余過所寫的《四人夜話》，雖說是法國人說、日本人說，其實都是余過說的。《四人夜話》類似衛斯理的科幻小說，峰迴路轉尤過之。我看過一篇叫『不死之國』的小說，述說人類不死所帶來的禍害，寓意深刻，歷久常新。余過是出名的好好先生，最愛打牌，輸贏笑嘻嘻。不見久矣，偶在地鐵車廂相遇，噢！奇怪，歲月從不在他臉上留痕。」

（三）

一九九一年初，《明報》副刊的連載專欄突然出現了一部新的武俠小說，郁秋寫的《司馬卓傳奇》。故事講述司馬卓初入江湖，本是大俠心泛濫，想幫助弱女子，誰知卻被捲入一連串謎團，每個人的身份都撲朔迷離，於是，十六年的恩恩怨怨，又將何去何從？

司馬卓面世，很快就引起注意。此因當時武俠小說高潮已過，金庸封筆，倪匡改攻科幻，古龍去了「最沒有死亡恐懼」的安全地方。突然出現了不知何方神聖的郁秋，創造了司馬卓這樣一個亦武亦俠亦溫文的傳奇人物，寫作技巧方面又另有一功，一下子獲得廣大武俠小說讀者的萬千寵愛在一身。

原來，郁秋就是潘粵生。

金庸知道潘粵生愛寫小說，便問他：「『何不試寫一篇武俠？』」潘粵生說：「武打不容易寫。」金庸又問：「你不是寫過武俠劇本？」潘粵生答：「寫武俠劇本容易。一如倪匡兄所說，只要情節巧妙，寫到打鬥場面時，一句『請武師自度』便可。可是寫小說，總不能『請讀者自度』也。」金庸笑說：「那麼武打可少寫些，但情節一定要緊湊、豐富。」潘粵生被說動了，打算嘗試：「這點請放心，做不到不收錢。」錢即稿費。

就這樣，《司馬卓傳奇》開始在《明報》副刊連載，筆名「郁秋」也是金庸代起的。

一九九三年七月，明窗出版社結集出版《司馬卓傳奇》的第一故事《刀畔胭脂》，金庸和項莊（董千里）為之作序。金庸的序言寫道：

自從古龍逝世，梁羽生兄和我停筆不再寫武俠小說，香港和台灣的武俠小說圈頓時顯得十分寂寞，連臥龍生、諸葛青雲、司馬翎、慕容美、柳殘陽他們也都不寫了。決不是讀者們對武俠小說不感興趣，我的小說每年在海外的銷量都沒有減少，以武俠小說改編的電影與電視片集仍然受到熱烈的歡迎。

近年來大陸上有不少人努力撰寫武俠小說，出版的數量也相當可觀，但都不像讀者們所一向喜愛的武俠小說那樣。一種小說的形式突然之間居然會消聲匿跡，而並非由於任何政府以行政力量予以禁止，實在是一件相當奇怪的事。

……無論如何，寫一本說得上好看的小說並不是一件易事。《司馬卓傳奇》並不是非常好看，但在許許多多新出版的小說之中，這決不是沉悶、老套，而是相當有娛樂性的。①

《司馬卓傳奇》是在金庸的鼓勵之下開始寫的。金庸建議他用一種主角不變而故事互不連貫的形式，就如偵探小說的福爾摩斯探案、梅森探案、波羅探案那樣。因為當代的許多讀者生活節奏快了，不耐煩連續兩三年的在報上追一個長篇故事。

潘粵生確實有創作故事的才能，能將一個故事說得充滿懸疑和緊迫性，這種在敘述中帶有戲劇感的才能是天生的，即使是大小說家也未必具有。缺乏這種才能的小說仍然可以相當重要，甚至十分偉大，不過通常不大好看。

潘粵生謙稱這是「假武俠小說」。他說，少年看武俠小說，每逢武打場面，必定快讀越過，只有金庸和少數作家的作品例外。很多坊間武俠小說，你一招來，我一招去，不論什麼人遇上，都亂打一番。內容毫無新意，對故事發展又全無幫助，可謂浪費讀者的光陰。好的武打描寫，必需兼有戲劇成份在內。像金庸的武打場面，不僅每一場都有戲劇性，還兼有主角性格的刻畫，全

① 金庸《〈刀畔胭脂〉小序》，《刀畔胭脂》，明窗出版社，一九九三。

書情節的帶動，越看越引人入勝，那才是真正的高手。

金庸評說：「本書的作者不會寫武打，因之本書雖然用了武俠小說的形式，卻缺乏其傳統和重要的一面。但只要是一部好看的小說，不論用什麼形式都會是好看的，不管是愛情、社會、諷刺、政治、偵探、科幻、神怪，或者是歷史。」

潘粵生以為，濫寫武打不如不寫。自從五十年代初，金庸等人為武俠小說開出前所未有的新天地，其中俠士也就不斷地推陳出新，不再受傳統模式的束縛，連武功方面也不再拘泥於傳統招式，以「藝術的真」取代了「事實的真」，作者和讀者都丟掉了頭巾氣，書中人物自然也不必再受條框框的規範。

金庸評說：「有些頗有意義的小說並不好看，有些相當好看的小說沒有什麼深度和人生含義，本書是屬於後者。我不怕作者怪我這樣直率，因為他跟着我學習編報學了幾十年。我除了教他要正直客觀，無愧於心之外，沒有能教他什麼真正有用的學識。但至少，他能接受真實的批評而不會生氣。」

一九九三年，金庸宣佈辭去明報企業有限公司董事局主席職務，確定退休。潘粵生也同時宣佈退休。據說，金庸給了他一筆不薄的退休金，他便離開香港，率全家移民加拿大，安度晚年。

揮劍而舞，始終是一介書生
——老報人董千里

董千里和金庸，雖然彼此的政治觀點頗有距離，董千里寫文章卻稱金庸是一個和而不同的謙謙君子，所以並不理會閑言閑語，與之保持交往幾十年。董千里喜歡金庸的小說，寫過很多有關評論，著有《金庸小說評彈》，對金庸小說除了讚譽，也有批評。

金庸說：「《諸子百家看金庸》的『諸子百家』，包括了柏楊、三毛、董千里、林清玄、林燕妮、葉維廉諸氏，其中董千里先生寫得最多，感覺也是評得最到位的一個。」①

（一）

董千里和金庸是浙江同鄉，結識很早，在《「書劍」的兩條主線》一文中，董千里說：「『書劍』最初在報上連載時，我從頭到尾均未錯過，深佩作者之才，由此結識。」一九六〇年，他開始為《明報》寫專欄，一九六九年到一九七四年，他斷續為《明報》撰寫社評。

① 劉國重《讀金時代》，《第一財經日報》，二〇〇九年三月二十四日。

董千里較多用的筆名是「項莊」，他是三十年代的文藝少年，四十年代的大學生，做過《申報》記者、編輯，一九五〇年到香港，任國泰電影公司編劇主任，一九七〇年任邵氏影片公司副經理，還參與過一些電影的編劇。

金庸稱董千里為「老董」，除了比他年長三歲有尊老之意外，還含有「古董」的意思，是為人所珍視的古代器物、珍奇物品，說他的文章頗有古意，沉積着無數的歷史、文化、社會信息。而董千里自謙少年生活簡單，性喜中國古典文學及傳統戲曲，但始終沒有學會作詩填詞，也不曾粉墨登場。平生三願：國泰、民安、本身無疾而終。董千里筆耕數十年，著有《董小宛》、《馬克・波羅》、《柔福帝姬》、《成吉思汗》、《玉縷金帶枕》等長篇小說，也寫雜文、散文，行文簡潔，歷史知識豐富，人物有真實感，有《舞劍談》、《讀史隨筆》等隨筆集問世。

《明報》創刊不久，董千里為《明報》撰寫專欄，曾以「千里」、「項莊」為筆名，間歇性為《明報》撰寫社評，屬於《明報》長期的文膽之一。同時還為《星島晚報》編副刊。當年，一條瘦削的人影在《星島晚報》的新聞大廈和《明報》的南康大廈兩邊走，即董千里也。兩報只隔一條馬路，自是來往便利。

一九六二年六月，金庸要辦一個開放言論的副刊。由於董千里曾在上海《申報》呆過，他便想到了《申報》的「自由談」副刊了。六月八日，《明報》第一版刊登的《「自由談」徵稿啟事》

是董千里初擬金庸改定的：「本報定本月十七日起，每星期增出『自由談』副刊，內容自由之極，自國家大事、本港興革、賽馬電影，以至飲食男女、吸烟跳舞，無所不談。來稿思想意見極端自由，極左極右，極高極低無不拜嘉。本港迄今為止，當無如此『真正自由之至』的報紙副刊，《明報》不受任何政治力量的影響，為純粹的民間報紙。」①

話雖如此，「自由談」出到第三期，就已經沒有了徵稿啟事中「賽馬電影、飲食男女、吸烟跳舞」的內容了，有的只是國家大事，尤其討論內地問題為主。

金庸和董千里在創「自由談」時，就希望能夠用這樣一個開放的園地，爭取知識份子投稿《明報》，從而閱讀《明報》，甚至在朋友圈子間互相介紹，宣傳《明報》。

「自由談」面世不久，便受到知識份子的注意。「自由談」的出現，很大程度上改造《明報》的報格，使《明報》從重武俠小說、煽情新聞和馬經的「小市民報章」，提升到一份為讀書人、知識份子所接受的報章。當時知識份子紛紛向「自由談」副刊投稿。

七十年代，《明報》有兩大名專欄，一是簡而清的《東拉西扯集》，另一就是董千里的《舞劍談》，署名項莊。當日，金庸稱讚他：「取其意是『項莊舞劍』的故事，欄名起得好，筆名起得也好。」

① 張圭陽《金庸與〈明報〉》，香港明報出版社，二〇〇七，第七八頁。

《舞劍談》後來結集出版，跋說：「『項莊舞劍，意在沛公』，這是初中學生都知道的典。當日所以題此篇名，確因對世上大大小小的沛公看不順眼，明知殺不了他們，至少也可嚇他一下或割裂他們所戴的面具。」董千里報上舞筆，其意原來如此：志在靠嚇！

一九六四年，金庸赴歐洲前夕請倪匡代寫《天龍八部》連載，曾當着董千里的面對倪匡說：「老董的文字，較洗練，簡潔而有力，文字的組織能力又高，你的稿子寫好之後，我想請老董看一遍，改過之後再見報！」可見金庸對董千里文字的肯定和對他的信任。結果，倪匡代筆一月有餘，得文約六萬字。《明報》當時的訂戶數約十萬，追讀《天龍八部》連載的，總在二十萬人以上。數十萬讀者竟被倪匡輕輕騙過，無人覺察，似乎有點懸！

倪匡自己說道，「我的作品和金庸作品之間有好幾百萬光年距離」，這是謙辭，其實，倪匡的想像力只在金庸之上，只是要他模仿金庸那種雅潔雋永的文字，終究太難。遵照金庸的囑咐，倪匡寫出《天龍八部》稿後，董千里確實作過非常細緻的再加工，即金庸出人物，倪匡出故事，老董出文字，這才令幾十萬《明報》讀者在幾十天的閱讀中完全看不出有人在為金庸捉刀代筆。

董千里的文字有古意，讀來鏗鏘。五六十年代他曾寫過小說，是歷史小說之類，坊間仍偶見他的《成吉思汗》、《董小宛》，不過就僅僅這幾部而已。做了「項莊」後，他便很少再寫小說了。

在創作力方面，當然難望金庸項背，想像力更及不上倪匡。金庸是伯樂，知道他們兩人的長處，於是將他倆扯在一起，一人操筆，一人潤筆。《天龍八部》阿紫瞎眼就是這樣產生的。

董千里治史，每有心得，即寫成札記。香港文藝書屋為他出過一本《讀史隨筆》，所錄隨筆共一百零六條。金庸問他：「何不編成一百零八條，湊成梁山泊好漢之數？」董千里答：「下回再出《讀史隨筆》，就錄一百一十條，多出的兩條可補在這裡。」

（二）

董千里寫過一篇《和而不同的老友——金庸》，他說：「我和金庸訂交逾二十年，勉強可以說是老友，在這二十年中，幾乎不曾間斷為他所創辦的香港明報寫稿，有一個時期而且擔任實際職務。當我們相識之初，彼此的政治觀點頗有距離，但我在金庸的作品中和談話中體會出他是一個徹頭徹尾的自由主義者，是可以和而不同的謙謙君子，所以並不理會閑言閑語，不僅保持交往，而且發生業務上的關係。後來的事實發展證明我判斷無誤，雖然我們迄今在若干問題上仍然和而不同。」①

① 傅國湧《金庸傳》，北京十月文艺出版社，二〇〇三，第四〇〇頁。

董千里是刁鑽派的，而金庸屬於溫和派，兩個人對待歷史和現實常常有不盡相同之處。如金庸筆下的成吉思汗是「你要戰，便作戰」，他對成吉思汗作過這樣的評價：「他是人類歷史中位居第一的軍事大天才，他的西征南伐雖然也有溝通東西文化的功勞，但對於整個人類，恐怕終究還是罪大於功。《射鵰英雄傳》所頌揚的英雄，是質樸厚道的平民郭靖，而不是滅國無數的成吉思汗。」

而寫過小說《成吉思汗》的董千里反對金庸的觀點，他說：「成吉思汗七年西征，確實殺了好多人，可是他是傑出的，是偉大的軍事家、政治家，不只是只識彎弓射大鵰。成吉思汗深沉有大略，用兵如神，是一位偉大的政治家、軍事家，他順應社會發展的趨勢和人民渴望和平與安寧的願望，統一了蒙古草原，建立了強大的蒙古國。成吉思汗不是罪人，他是英雄。」

香港回歸之前，有人猜度金庸頗有意於香港特區首任行政長官的職位，董千里也認為他想棄文從政，曾委婉道之：「我追金庸小說，大概自從《天龍八部》以後已不如何關心……也許正為他力求上進，又一心一意要突破前期的面目，因而窒息了和讀者之間的共鳴度。」

金庸起而闢謠：「當行政首長有什麼好？金庸的名與利相信都不會差過港督。今日全世界知道金庸的，會多過知道不論哪一位港督呢！一百年之後，恐怕相差更遠吧？」[1]話說得很大，卻非驕狂。

① 劉國重《談笑傲江湖的金庸與金庸的，〈笑傲江湖〉》，《北京文藝》，二〇〇六年第八期。

曾經一對好朋友也有幾次正面衝突，每一次都很難簡單的用勝負來衡量，他們之間的關係可用倪匡一句曾經很有感觸的文字來形容——「難為知己難為敵」。

金庸自一九五五年闖入武俠世界，至一九七二年九月封筆，前後十七年寫了十五部作品。七十年代中期，金庸對其作品作了逐字逐句的修訂；有些作品刪改較大，某些章節甚至重寫，至八十年代中期才完成全部修訂工作。董千里覺得「這個就沒有必要了」，他曾當面批評金庸「多此一舉」。

董千里認為金庸最好的作品是《射鵰英雄傳》和《神鵰俠侶》。在《玉像與裸女圖像》一文中，他說：「重看《天龍八部》，一些關鍵處竟有看新書的感覺，不知是因為自己記憶力衰退得厲害，還是金庸修訂得厲害，總之兩『害』必居其一，更可能的是『害』不單行。」其實看《射鵰英雄傳》又何嘗不是如此。修改工作做到老讀者有「看新書」的感覺，可見手術之大。情節都面目全非，更不用說文字了。

閱讀「修正本」之時，董千里曾一再掩卷思索，「同一作者於差不多同一時期作品所創造的英雄人物，雖云各盡其妙，卻為何儒雅瀟灑總是不如粗放質樸者？在金庸所有的小說中，陳家洛乃儒雅瀟灑型的魁首，卻也是所有男主角中最不討好的一個。袁承志有一半像他，也就不怎麼可愛。然而也有例外，《天龍八部》中的段譽雖然華貴儒雅風流瀟灑兼而有之，卻是個十分討人喜歡的人物，或因作者本來不把他當作英雄寫，這個人物就顯得內外和諧。可見倒不是一定硬性比軟性好，至柔可以不遜於至剛。」

他認為，金庸當時寫得神采飛揚，儘管是每天寫一段，可能有些廢話，有些矛盾，但是不妨礙小說吸引人。後來一改再改又三改，為了前後邏輯完整，犧牲了很多當年的精彩部分，成了一個沒有棱角、沒有缺陷的東西，讓很多讀者感到失望。「比方說加入的黃藥師和梅超風的感情，就摧毀了讀者對東邪的印象，本來東邪對他夫人是非常深情的，他怎麼會在心裡的某處背叛了夫人呢？金庸是否有權力來破壞這些老讀者的認知？在這點上面，我不是很認同。」①

對此，金庸在不同場合有過解釋，董千里還是固執已見，「以一個讀者的立場來講，我仍然喜歡原來我所熟悉的那個世界、那一個空間、那裡面的人物」。

一九八四年四月，台灣遠景出版社出版《諸子百家看金庸》一書，其中董千里的評論被金庸看作「評得最到位的一個」，所謂「到位」是因為有讚賞，有批評。一九九五年出版的董千里的《金庸小說評彈》一書，董千里對金庸作品更是又評又彈，有挑剔，也有調侃。

董千里認為，金庸最好的作品是《射鵰英雄傳》和《神鵰俠侶》。《射鵰英雄傳》寫出了「東

① 周超《金庸擬第四次修改小說遭質疑》，《香港文匯報》，二〇〇八年九月二十七日。

邪西毒南帝北丐中神通」的傳奇故事，以筆掀驚濤的巧妙安排和細膩入微的心理描寫，使武俠小說變成一種令人讀之不忍釋卷、回味再三、擊掌叫好的藝術品。《神鵰俠侶》的主題是一個「情」字：「問世間，情是何物，直教生死相許？」這說明金庸小說除了表現傳統武俠小說「忠奸」、「恩仇」的主題外又有了新的變化。金庸塑造了社會叛逆楊過與任情而為的小龍女（武俠世界中的兩大藝術典型），並通過楊過與郭靖的矛盾衝突，去表現社會與人的本性的不可調和。就主題而言，此書是令人刮目相看的佳作。

他在《武戲文唱與雅俗共賞》一文中說：「金庸作品也能夠做到雅俗共賞，層次或不如《紅樓夢》之多而且高，亦已為以後所僅見。他數年前之所以輟筆，恐怕也因發現自己逐漸離開了這一原則。」

董千里說，《碧血劍》裡那個溫青青，原來只是黃蓉的初稿，以人物性格和藝術範式而論，本該有個為情而死的悲劇結局，像是林黛玉那樣。結果金庸心軟，給了溫青青一條生路，讓她和袁承志一起到海外逍遙去也——只苦了袁承志，後半輩子只好跟一個隨時會爆炸的醋壇子一起過活了。

閑暇時，董千里曾與金庸談皮黃，發現彼此有一同嗜，那就是偏愛淨角與旦角的戲。「淨角至剛，旦角至柔，在舞台上為兩個極端，在整個藝術領域中也是一樣。或者正因此故，金庸書中人物也總是以淨角與旦角寫得最活靈活現，尤其撒嬌撒癡的花旦已集舞台藝術之大成。『金派花旦』以黃蓉為花魁，『金派青衣』則以《飛狐外傳》中的程靈素為祭酒。自來總是花旦易於討俏，而青衣只能在平凡中見功夫，所以嚴格地說來，造程靈素更難於造黃蓉，便如造郭靖更難於造楊過。所以黃蓉雖絕代而仍然是人，程靈素幾乎便是不食人間烟火的仙子。小龍女也不食人間烟火，但太美太純，佔盡人世便宜，不能讓她成仙了。」

董千里讀得認真，批評也尖銳：「《倚天屠龍記》中的趙敏以蒙古郡主身分，結果成了『蒙奸』，還有一個《射鵰》中的華箏公主，看情形如果能得郭靖真心相愛，日後助守襄陽可能有她一份。作者於各書中極力表揚民族主義，卻似乎持『漢族沙文主義』立場，倒並非不讓少數民族有它本身的民族主義，而是以華夏為中心，從華不從夷。」①

金庸在一次演講中曾說：「我的朋友項莊寫過一本書，說金庸小說中女主角有一些是花旦，有一些是青衣。金派第一青衣程靈素不漂亮，但很能下毒。她是第一流人物，我是很喜歡的。她對情郎有著刻骨銘心的愛，品格高尚，下毒也是刻骨之愛的一種表現形式。」《金庸茶館》第三十六期裡就有董千里寫的《「金派」青衣花旦》一文。

雖然，董千里和金庸的歷史觀和藝術看法有許多不同，而更多的是不約而同，即「和而不同」。

① 董千里《金派青衣花旦》，收入《金庸百家談》，春風文藝出版社，一九八七年。

（三）

二十世紀八十年代，中國友誼出版社出版了董千里五冊歷史小說，有《董小宛》、《馬克．波羅》、《柔福帝姬》、《成吉思汗》和《玉縷金帶枕》，作品中有鮮活的人物形象，將人物置於一個宏闊的社會歷史背景之下加以刻畫，情節生動，文采盎然，將知識性、趣味性、藝術性融為一體，頗受讀者歡迎。

董千里作傳不着眼於面面俱到，而是截取歷史風雲片段，將歷史、愛情、人物、政治融為一體，行文行雲流水，文字崇古而洗練，章回命名古雅而率性，感情真摯而充沛，小片段與大歷史無縫接准，紅顏情感與江山政治自然結合，讀來令人唏噓。

《董小宛》一書開頭恰如長劍龍吟，將人們早已附麗無限遐想的冒辟疆、水繪園和秦淮風月一筆蕩開，不事舖墊，紅顏直入江山，董小宛的美麗、柔情、才氣、宏闊依舊，然而全置入洪承疇、多爾衮、孝莊太后、順治帝的權力鬥爭之中了，小宛入宮，順治駕崩，承疇叛漢等情節均與歷史有異，然而在董小宛的一腔襟懷中，都可轉圜釋然。而在一種新的歷史可能性與人生可能性的推演下，董小宛竟能直接置身於權力鬥爭的漩渦，當面酒鴆豪傑多爾衮，更是將紅顏紅淚與江山刀劍直接觸碰，迸發出別樣的緊張、膠着和豪放來，令人神往。

《柔福帝姬》捧出花團錦簇的李明妃、秦少游和周邦彥，不想，卻很快宕開一筆，將濃墨潑於高世榮和趙瑗瑗這一對才子佳人身上，久久不散，歷史烟雲頓消，彷彿天地一下子簡化為自古以來不過就是青春、才情、美愛與誓言了，然而，董千里又很快將梁山泊、靖康恥、岳宣撫、趙康王等眾多人們熟知的典故與任務繪出，弦音頓緊，一冊小書頓時搖蕩起來，直至九州不足盛放，每隔一段情節，輒可見作者對於各種可能性的探索，實可謂用心良苦。

《金帶玉縷枕》說的是「三曹」與美女甄氏的故事。父子三人爭搶一個有夫之婦，曹操心中早存覬覦甄氏美色，可曹丕亦有此意，曹操雖有些心疼，但也還是順了長子的心願。曹植七步成詩，可謂獨步天下，但是他與自己嫂嫂甄氏互相愛慕，情投意合，恨不能日夜相守。然而甄氏乃其兄長曹丕妃子，這種感情既悖倫違理也礙於魏文帝權勢，因此二人終未敢越雷池半步。其結果，甄氏相思成疾，抑鬱而終，死後化為洛水之神。活着不能相依，死後也要相會，於是這兩個多情的男女便在夢中相會了……

金庸在《明報月刊》著文說：「《玉縷金帶枕》讀起來似乎並沒有過於明顯之處，然而到了曹植夢洛神一節，直可稱最動人文字，最感情漠漠的人、最鐵石心腸的人也會為之動容，那一刻，文字、愛情都不再軟弱，而與政治、軍事有了同等的力量……」董千里「從文學角度，將一二歷史可能性的靈感思維與文學情節推演完美結合，不注重歷史真實性，作品情節發脈於存疑歷史細節而自圓其說，情感描摹與智謀構築都能入木三分，足見作者對於人生、世界、歷史和社會觀察、體悟之深」。「董千里的文字，頗有古意。這些歷史小說雖寫作於六七十年代，但較之現在的所謂歷史小說不知勝出多少。如《玉縷金帶枕》一書，寫甄氏與曹氏父子三人之間的情感糾葛極細膩入神，即使是一些情欲描寫也極具古典小說風韻，並不一味地寫性欲，而是通過文字引人無限美好的遐想。」

九十年代，《明報》最早的總編輯潘粵生寫了武俠小說《司馬卓傳奇》，董千里和金庸為之作序。董千里認為，自從五十年代初，香港的金庸等人為武俠小說開出前所未有的新天地，其中俠士也就不斷地推陳出新，不再受傳統模式的束縛。連武功方面也不再拘泥於傳統招式，以「藝術的真」取代了「事實的真」，作者和讀者都丟掉了頭巾氣，書中人物自然也不必再受條條框框的規範。

董千里去世於二〇〇六年六月。金庸談論起這位亦師亦友的老報人，感慨地說：「用『和而不同』來形容董千里亦頗恰切，如果要加一句，我必定選『威而不猛』。目如鷹，鼻如鷹，其相獨特，何其威雄哉，但其人不猛，雖揮劍而舞，始終是一介書生而已！」

心一堂　金庸學研究叢書

58

紅過臉，兄弟還是兄弟——「明月」主編胡菊人

資深香港傳媒人張圭陽說：「胡菊人一名，幾乎等同於《明報月刊》。」可以說，《明報》能蛻變成為一份知識份子的報紙，《明報月刊》和胡菊人的貢獻不可忽略。胡菊人自一九六七年起出任《明報月刊》總編輯，歷時十二年，是《明報月刊》任期最長的總編輯。

胡菊人與金庸相知有素，被《明報》同事稱為「金庸最喜歡的人」，金庸說胡菊人「是一個有名士派頭的淡雅文人，我敬重他」。胡菊人則說「查先生自始至終容忍我的學術癖性和編輯品味，我最欣賞查先生的雅緻，還有典雅的文言白話」。

（一）

《明月》創刊時，編輯部設於禮頓道的一幢舊式大廈，創業維艱，金庸自任總編輯。

一九六六年，胡菊人在香港《今日世界》叢書部已經工作了四年。初冬，金庸突然托朋友將胡菊人邀到他的辦公室裡。在不同場合，胡菊人跟金庸有過許多次的接觸和敘談，特邀至辦公室

交談卻是第一次。胡菊人抱着驚奇的心情前往。落坐，金庸微笑着說：「我第一次讀你的文章，看到你的照片，覺得你是個青年導師，像是很早就認識一樣。」胡菊人接口說：「是的，我們很早就認識，你的明報，你的武俠小說，香港人沒有不認識你的。」兩人談得很融洽，從各自在香港這幾年的生活，聊到香港的文化現狀，各自的寫作和態度。金庸突然說：「你等一等噢。」就坐在辦公桌前寫了起來，不一會兒，金庸拿給胡菊人看，是一份親手為他寫的聘書，聘任胡菊人為《明報月刊》總編輯。這個職位原來是金庸自己兼任的，如今他禮聘胡菊人就任，還親手為他寫聘書，這超出似乎超出了胡菊人的期待，有點兒受寵若驚。

胡菊人比金庸小九歲，原名胡秉文，生於廣東順德一個農家。初中畢業後，由表哥帶到香港。當過校役和教堂雜役，後來進入珠海書院半工半讀，晚間補習英文，不久，到友聯出版社資料室工作。其後，先後擔任過《大學雜誌》總編輯、《中國學生周報》社長、美國新聞處出版部編輯等職務。他既是香港報壇上的著名專欄作家，也是文學批評家，著有《小說技巧》、《坐井集》、《文學的視野》等，他所關注的，有「文學」的範疇，也有「中國」的範疇；他反對中國文學在創作上西化，也反對文學批評套用西方的名詞術語和思想體系。這種以中國為本的人文思想與金庸的辦報理念非常接近，這也許是金庸聘他擔任《明報月刊》總編輯的原因。

見胡菊人應允「跳槽」，金庸鄭重地將聘書捧到他的手裡，客氣地說：「《明報》和《明報月刊》是兄弟，從今之後，我和你也情同手足，跟兄弟一樣親近了！」

《明報月刊》創刊於一九六六年一月，金庸親力親為主編一年，與《明報》有兄弟一樣的淵源，精神上卻完全獨立。迫於生計，《明報》在成立之初也曾為銷路使盡招數，因而《明報月刊》甫一創刊，便聲明這是一份「非營利」的學術刊物，其盈虧與否，均可由《明報》負責。除了名稱與《明報》有關係外，雜誌內容完全獨立，不受《明報》編輯部的干預。如果說《明報》是金庸不得不面對的現實，《明報月刊》則更像是他的一個理想，偶爾為生活而彎下的腰，在理想中卻是風骨昂然的。

胡菊人接替後，金庸給胡菊人的聘書上提醒他，必須「遵照《明報》一貫中立、客觀、尊重事實、公正評論之方針執行編輯工作。在政治上不偏不倚，在文化上愛護中華民族之傳統，在學術上維持容納各家學說之寬容精神」。金庸期望他不失昂然風骨。

金庸還強調，《明報月刊》的編輯宗旨，是「五四時代的北京大學式」、「抗戰前後的《大公報》式」，能夠以嚴肅負責的態度，對中國文化與民族前途，能夠有積極的貢獻。

胡菊人一直沒有輕心淡忘那幾句話的重量和真諦。

金庸禮賢下士，請胡菊人主編《明月》，真是慧眼識菊人！胡菊人接手後，採漸進式改革，保留文化學術路線，選登學術專家的文章外，盡量刊載專欄作者的知識趣味性兼備的文章，同時也顧及了當時中國內地的政治與國際形勢。於是《明月》便從一本純學術性的月刊，搖身一變成為綜合性的高水平讀物，正好符合金庸創辦《明月》的原則。金庸索性放下編務，統由胡菊人一人總攬其成，而《明月》也就一紙風行了十多年。在胡菊人的努力下，《明月》的作家陣容日益龐大，細細點算，便有司馬長風、牟宗三、牟潤孫、丁望跟徐東濱，他們或以政治家立場，通過學術觀點批判中英政制；或以學者身份，駁斥內地「左派」所倡行的當政哲學。其時，中國內地正處閉關，消息不暢，不少海外學者和讀者都得依靠《明月》來了解大陸情況，因而銷路大增。

（二）

從金庸到胡菊人，《明報月刊》的編輯風格當然有不少的變化，但所關注的基本方向沒有變化，中國內地始終是一個重要的關注點。可是，中國在變；討論中國的文章要寫得精到、點出其變的得失，並不容易。況且，月刊總希望能夠從更多方面去討論中國的變。

在紀念《明月》十年的時候，胡菊人說，《明月》開宗明義是不牟利刊物，乃一「蝕本貨」，然而他卻為金庸的明報王國樹立了一個正義的高級文化形象，成為明報集團的無形資產。《明月》可以說是金庸的「文人良心」，而他也認為這本刊物是他的第二傑作。《明月》讀者高達三十五萬，列香港文化期刊之首，每期廣告爆棚，厚如電話簿，真個是「斤兩十足」。

當時以訪談、演講、問答的形式，胡菊人邀請余英時、許倬雲、周策縱、史華慈、唐君毅、錢穆、胡適、朱光潛等諸位分題作答。如周策縱的《論中國知識份子》，余英時的《學術何以必須自由》，林毓生與史華慈的《自由主義為什麼失敗了呢？——一些關於中國近代和現代思想、文化與政治的感想對話錄》等。另外，由金耀基、唐君毅、王蒙、金庸、李約瑟、楊振寧、錢穆伉儷、胡菊人、白先勇等人聯合談論長達一年的中國文化與現代化問題，在海內外引起相當大的反響。這種以《明報月刊》為載體進行的文化論壇式的演講集，也成為海內外華人學者發佈重要學術心得的主要平台。

《紅樓夢》是一部集傳統文化之大成的作品，因而對《紅樓夢》的研究也就成了中國當代學術史上最複雜最集中的課題。在胡菊人主持下，《明報月刊》對《紅樓夢》的研究佔據了大量篇幅。二十世紀六十年代至七十年代，在社會動蕩中，許多內地學者南下赴港，輾轉停留，《紅樓夢》幾乎成為民族精神的化身。對它的研究，不僅集中體現了中國傳統學術的研究方法，也寄托了當時學者對傳統文化的深厚情感。其間，《明報月刊》上發表的紅學文章內容廣泛，作者陣容強大。

從張愛玲、宋淇、潘重規，到余英時、趙岡、徐復觀、周策縱，從作者家世、版本研究、創作分析，到研究態度、譯本評價，眾學者往來商榷，一度沸沸揚揚。但不論場面如何熱鬧，《明報月刊》在版面上一直表現得溫文爾雅，只提供平台，而不做任何褒貶。即便是在一九七一年徐復觀與潘重規及其指導的「《紅樓夢》研究小組」之間發生論戰，趙岡隨後加入討論的事件中，《明報月刊》作為一個平台，也只是如實地將各方意見刊登出來。用近來比較流行的話來說，就是「我可以不同意你說話的內容，但我堅決捍衛你說話的權利」。自由與獨立，是眾多學者對《明報月刊》所作出的評價。

《明報月刊》本身是名牌，金庸比喻為「名牌西裝」。這份雜誌反而不一定要去培養名家，名家都會在這裡登文章，是一個身份的象徵。許多學者把在《明報月刊》上發表文章當作地位象徵。胡菊人有一篇文章講得很形象：香港中產階級訂《明報周刊》，也訂《明報月刊》，《明報周刊》放在茶几下面，《明報月刊》放在茶几上面，表明他有文化素養。如果到哈佛大學燕京圖書館去看看，那裡有兩千多本中文雜誌，《明報月刊》也是放在最上面的位置。但是老實講，當然是《明報周刊》好看了，因為上面有娛樂新聞，老少咸宜。

有人說，胡菊人是「金庸最喜歡的人」。金庸自己也說，最初的十年是《明報月刊》的黃金時期。

從一九六七年到一九七九年，《明報月刊》在胡菊人手裡成為華人世界最文人化的刊物，它對中華文化的關懷及其流露的人文氣質都是無與倫比的。這段時間恰好是香港《紅樓夢》研究的高峰期。有這樣一份獨立開放的雜誌，適逢這樣一個小說研究的潮流，不知是誰更為慶幸？一九八一年，台灣遠景出版社出版了胡菊人《紅樓、水滸與小說藝術》一書，在這本書中，當也有着其在《明報月刊》編讀眾家觀點留下的思想痕跡。

香港作家陳冠中曾經這樣描述：「假設某一天，我睡意蒙矓的給吵醒，有人氣急敗壞的說：這是個大是大非的時刻，你一定要站出來表態，快說，你站在哪一邊？我說：到底是什麼事，給我點時間，讓我先弄清楚狀況……那人說：不行，現在就得說，你站哪一邊？這時候我只得說：好吧，不過你得先告訴我，胡菊人站哪邊？他站哪邊我就站哪邊。因為，在正義、良心、知識份子責任問題上，胡菊人肯定是值得信任的。」①

一九六七年八月，激進左派擬出了一份六人黑名單，標明這六人將會被謀殺，金庸就是其中一個目標。為了避免被暗殺，金庸便南下到了新加坡暫避，報社業務則交由沈寶新負責，社論則讓胡菊人來頂。這期間，胡菊人和沈寶新是金庸最信賴、最順意的左右臂。

① 陳冠中《胡菊人與我》，《中國時報》，二〇〇七年二月八日。

（三）

胡菊人的文章寫得漂亮，編輯眼也獨到。他從一九六七年起擔任《明報月刊》總編輯，全身心投入，將月刊辦得有聲有色。《明報月刊》在文化界地位崇高，《明報月刊》的總編也自非一般報刊雜誌的總編可比。胡菊人自然心滿意足，不曾有過什麼跳槽的想法。

但是，一九八〇年，半路上殺出個程咬金。安心工作了十二年的胡菊人提出要離職。事情源於一個台灣人。此人攜巨款赴港，準備在香港辦報，揚言要辦一張像《明報》那樣具有影響力的報紙。他先是由古龍介紹找到倪匡，後又找到胡菊人。當時胡菊人的月薪是四千七百元，那人欲以月薪萬元挖走他。

胡菊人開始有點猶豫，但那人反覆強調他要辦的就是胡菊人理想中的報紙，一種充滿責任感的報紙，一種能夠拯救一代青年人的報紙。胡菊人不由得心動，他心想：「我的理想終於實現了。」

經過多次接觸、磋商後，胡菊人當機立斷，決定離開《明報》，自闖天下。

當他提出辭呈時，金庸整個人都呆住了。「不會是真的吧！」金庸第一個反應便是這句話：「是不是薪酬不滿意，菊人兄，我們可以商量呀！」金庸還以為胡菊人不滿意薪酬。

「不，查先生，我在《明報》服務了這麼久，從來就不計較什麼薪酬問題，我只是想出去闖一闖。

如今，我獲得了一個千載難逢的機會，不想放棄。」胡菊人說得誠懇：「我要出去辦報。」

「什麼？」金庸嚇一跳：「辦報？」因為他知道胡菊人沒有辦報的經驗。

胡菊人坦率地向金庸陳述了事情的來龍去脈。金庸聽得直冒冷汗，他覺得胡菊人過於輕率，辦報不同於辦月刊，弄不好，會身敗名裂的。這時候他倒不是擔心胡菊人的離去會影響《明報》，而是擔憂胡菊人將來的處境問題。

「你想清楚了嗎？菊人兄？」金庸沉住氣：「辦報可不是鬧着玩的，當年《明報》的艱辛你是目睹的呀！」

胡菊人心意已決：「查先生，我想過了，希望你能給我一個機會。」

金庸只好嘆道：「菊人兄，你再考慮一下吧！」金庸想盡可能「拖」住胡菊人，立刻打電話給倪匡：「倪匡，胡菊人要走了。你平日口才那麼好，除了你，還有誰說的菊人聽？」

金庸真的急了眼，他愛才如命，實在不願看到多年的手下和朋友突然離去。但是，胡菊人的決心很難動搖。金庸無奈，眼睜睜地看着胡菊人離他而去。

為了酬謝胡菊人十三年來的服務，金庸特地在酒樓設宴歡送，並即席贈與黃金勞力士表，場面很是感人。金庸還向胡菊人送上三句臨別贈言：不要動怒，不要憂心，不必驚慌。

金庸諄諄地說道：「人的性格是各個不同的，你將來到了那邊工作，他們家庭成員當然會來管事；同時，在你下面還有很多人要管，人的個性既然人人不同，那麼，就算有人當面對你發脾氣，拍桌子，你也要忍耐，不要動怒。」「報紙雜誌的銷路會有起伏，如果銷路下跌，你也不要憂心，只要冷靜去做就是了。」「你要知道，辦報難免時時接到律師信，就算打官司你也不必驚慌。」

胡菊人離職之際，暗中招兵買馬，心想《明報》的老同事如果願意合作，那麼一定能將報紙辦好。沒有想到金庸比他棋高一着，早就宣佈所有工作人員獲得加薪，還設宴慰勞。所以儘管胡菊人分別約請喝茶，仍未見效。看來，金庸早就料到胡菊人有此一着。胡菊人離職本來可能釀成大風暴，卻被金庸化解得風平浪靜。

當年，胡菊人的離職曾經轟動了香港界，有人甚至要寫信開罵他，金庸勸阻說：「人往高處走，他沒錯。紅過臉，兄弟畢竟還是兄弟，我理解他，菊人兄終究是個好報人。」①胡菊人是個好編輯，這是無可置疑的。離開《明報》後，月刊的銷路一直下跌，開戰鼓而思良將，金庸午夜夢回，大概是忘不了胡菊人的。

後來，胡菊人在《中報》混得不好，跳槽不到兩年就擲筆出門，曾有一段日子，夜夜醉酒，

① 費勇、鍾曉毅《金庸傳奇》，廣東人民出版社，二〇〇〇，第五七頁。

髮眉俱白，意志頗為消沉，只因「棄明投暗」而怨氣幽幽。聽說後，金庸十分難過，對他的關注依舊，常向人詢問並傳遞安慰。對於胡菊人暗底拉攏《明報》人員，金庸從無責怪之意，反而人前人後稱讚胡菊人是個好編輯。幸好，過不多久，胡菊人踐行金庸的「三不贈言」，振作精神，重出江湖，自立門戶，創辦了一份名為《百姓》的時事刊物。

金庸對胡菊人始終念念不忘，有一年聖誕節前，他正在尖東一家酒樓宴請台灣女作家三毛，當他得知胡菊人就在附近一個酒會時，連忙通過慕容公子邀他摰談，誠意拳拳。

胡菊人說，我們可不要因為金庸是一位多產作家，又每天寫一篇社論，就以為他是一位倚馬可待、筆走龍蛇的作者。他引用《他是雲霧中一棵樹》作者許尊五的話，描述了金庸當時著書寫作的情形：「單是一篇一千字左右的社評，經常要花他的一兩個鐘頭時間，寫寫改改，翻查數據，反覆推敲而後定稿。寫武俠小說更花時間，每見他在斗室之中來回踱步，寫了又刪，刪了又寫，香烟一根根地抽，直至滿室烟霧騰騰才發到字房去，可以說每個字都是勤勞與謹慎，點點滴滴都是心血。」

胡菊人這樣描述金庸：在年輕時曾學過芭蕾舞，對古典音樂的造詣極高，隨便揀一張古典音樂唱片放出來唱上片刻，金庸便能說出這是什麼音樂。金庸不嗜酒，號稱「從未醉過」。根本喝得少，當然不會醉。他吸烟、戒烟，次數極多，如今一樣大吸特吸，並且相信了中年人不能戒烟的理論。金庸也略藏書畫。如今書房中所懸的，有史可法的書法殘片；曾在他處看到過不知是真是假的仇英《文姬歸漢圖》；也曾見過四幅極大的（超過五米長）齊白石精品、吳昌碩的大件等。金庸也集過郵，不過他集的是花花綠綠的紙片而已。金庸對吃並不講究，穿亦然，衣料自然是最好的，但款式我行我素，不受潮流影響。

五天校對升編輯的「神仙阿樂」——「報壇鬼才」王世瑜

一九六七年，金庸被指為「頭號漢奸」險遭暗殺。他家中收到一個郵包，王世瑜發現郵包可疑，於是報警。警方在金庸的家門口引爆了這枚炸彈。

多虧王世瑜的警覺，金庸躲過一劫。

金庸對王世瑜始終如一的優容寬待，相當程度上是出於一種感恩。

（一）

王世瑜也是金庸喜歡的人，只做了五天的校對便升任為編輯，又於短短數年間躍升為金庸身邊最受重用的副手，過程多少有些傳奇。

一九三九年出生的王世瑜，七歲便隨家人從老家山東烟台移居上海。從高中一年級開始的半工半讀的三年裡，他每天仍然要打工賺錢，打掃麵包店的窗櫥，派送星期六早上的報紙，周末下午到車站賣冰水，每天晚上替報紙傳遞以女性為主的聚會消息——他自幼就是一個「工作狂」。高中畢業後入讀香港珠海書院文史系，不過，最終因家貧而被迫輟學。一九六〇年的一天，他走在街頭，發現報攤上的《明報》刊登招聘校對員廣告，前途才漸露曙光。「記得六十年代初《明報》上下只有十二名員工，當年我寫信應徵校對一職，後來才知道是一百五十人爭一個職位，最終跑出的不是我，但在我準備離開之際，編輯叫停了我，他說「請多一個啦」，就這樣，我開始了四十年傳媒人的漫漫長路。」①

王世瑜初入明報，職位只是信差，替社長金庸送稿傳信，替總編輯潘粵生送樣版，還得替各位副刊編輯打差——找專欄作家拿稿。那時候，金庸住在尖沙嘴，明報報館則在中環，這個信差，套句廣東話是「話頭醒尾」，兼且「做事勤力」，因此，甚獲金庸歡心，很快就由信差，升為校對。

王世瑜在二〇〇五年時憶述：「四十五年前，因一次無心插柳，我踏進了《明報》，可是一個沒有新聞工作經驗的小伙子，當時只能當上校對員。第一天上班，我這個職位不高的校對員居然有機會跟大老板對話，令我喜出望外。記得，金庸走過來問好，又問我：『你有沒有寫過稿？明天拿給我看看。』第二日，他看了我的稿子，二話不說：『寫得不錯，明天升你做編輯。』就這樣，我只當了五天校對員，便做了編輯，後來更成為社長的第一私人秘書。這位老板對做新聞非常嚴謹，從不容許報紙有錯字，他對工作的熱誠，令我十分敬佩。」

① 張慧燊《王世瑜隨心逐樂瀟灑人生》，《文匯報》，二〇〇六年七月二日。

王世瑜自小就瘋狂愛上文字，中學時代已投稿至各報章的學生園地，連抽烟也是為了扮作家，入《明報》後，他不斷地自修寫作，更省下車錢、午餐錢，買新聞寫作書閱讀。

這時期，《明報》立足未穩，發行量一直徘徊不前，報館的經濟狀況十分不佳。有時候金庸在同一個版面上連載兩部武俠小說，除了《倚天屠龍記》，他的另外兩部中短篇小說《白馬嘯西風》、《鴛鴦刀》也相繼登場。這是他對讀者展開凌厲的武俠小說攻勢，可效果並不明顯。金庸同時寫兩部作品，還得寫社論，幾乎成了「寫稿機器」，沒日沒夜地運轉。王世瑜說：「那時候，我們看見報館經濟不好，也不奢望有薪水發，只求渡過難關，便心安理得了。」

過一年，由於受「大躍進」影響，內地有大批人員偷渡香港，被香港警方堵截於新界與沙頭角的交匯處梧桐山。由於事件敏感，《大公報》、《文匯報》等報都不予報道，以《明報》的人力、物力，實難以與大報競爭，開初也保持着沉默。然而，被困在梧桐山一帶的人員越聚越多，達到了數萬之眾，港英當局卻一籌莫展。那日，王世瑜將記者們拍攝的照片、採寫的稿子擺在金庸的桌面上，沉靜地問：「這樣的大消息登不登？」金庸順手拿幾幅圖片和稿子看了一會兒，問他：「你說登不登呢？」王世瑜說：「這可是熱門新聞！」金庸說：「你是說要登，那就登吧！」

於是，一九六二年五月八日，在《爹娘子弟哭相送，塵埃不見羅湖橋》的大黑標題下，《明報》

首次報道了此次事件。緊接着幾天，王世瑜負責編輯的港聞版移向頭版，幾乎都是有關難民潮的圖文並茂的報道，大標題，大圖片。

同時，金庸在社評中大做文章，對於此事發表了與眾不同的看法，引起了讀者的注意。以《大公報》為首的幾家大報，對於金庸的觀點進行了抨擊。《明報》當然不示弱，你來我往，一場激烈的筆戰引得讀者大看好戲，欲罷不能。本來並不怎麼著名的《明報》在筆戰中人人皆知，而更重要的是，金庸的社論引起了高度注意，不管贊同還是反對，誰都無法忽視它的存在。

這次筆戰後，《明報》擴展至兩大張，形成了中型報紙的規格，同時也有了盈餘。「難民潮」結束之後，《明報》一改報格，從一份側重武俠小說、煽情新聞和馬經的「小市民報章」，提升到一份為讀書人、知識份子接受的報章。一九六二年七月銷量跨過三萬份。到一九六三年，《明報》已完全擺脫經濟窘境，平均日銷量五萬份。

一九六六年一月，《明報月刊》創刊，初期只有一位主編，是金庸，一位編輯，是王世瑜。創刊初期，《明報月刊》的辦公地點並不與《明報》在一起，而是在禮頓道二號Ａ二樓，即金庸日間寫稿休息的書房。這本以「文化、學術、思想」為主的月刊，金庸表明要「企業化經營和管理」，但一開始的運作還是很精簡、很原始的，王世瑜承擔着工作量很大的約稿、編輯任務，還兼着校對。

王世瑜編輯了《明報月刊》二十多期之後，轉而協助潘粵生籌備出版《明報周刊》。

一九六六年九月，明報通過銀行按揭，用六百多萬元買下了位於北角的全幢共九層的南康大廈，並改名為明報大廈。一時間，《明報》成為香港舉足輕重的一家傳媒企業。

一九六七年春，金庸南下獅城與人共同創辦了《新明日報》，《明報》原總編輯潘粵生去了新加坡任職。這時，金庸點名由王世瑜擔任《明報》總編輯。

王世瑜說，他剛上任，金庸經常與他談論副刊，面授機宜。「我辦《明報》時，《明報周刊》登了香港小姐的情書，我找編輯來罵，說是人家的隱私，不能登。如果傳媒只為賺錢，倒不如開個舞廳、妓院賺得更多。那時人家買《明報》，便是因為它不鹹濕，不下流，不侵犯隱私。如果其他報紙也不鹹濕，不下流，不侵犯隱私，《明報》還有什麼特色，人家為什麼還要買你？」金庸一席話說得正氣凜然，理直氣壯，令王世瑜茅塞頓開。

金庸喜歡寫字條給《明報》同仁，而王世瑜也有不少珍藏，其中兩份金庸的真跡，可說是「明教秘籍」，一是《明報副刊廿四字訣》：「新奇有趣首選，事實勝於雄辯，不喜長吁短嘆，自吹人投籃。」這二十四字真言，已經是非常顯淺，但金庸深思熟慮，再以「副刊選稿標準」為題，將它闡釋如下：「事實勝於雄辯者，並非不用議論文字，而是夾敘夾議比較受歡迎。最劣之文字是自我吹噓，無原則的利用本報作廣告；其次則為風花雪月，無病呻吟，或傷小貓之死，或嘆寫稿之苦。」二是為「短、趣、近、物、圖」之五字真言：「短，文字應短，簡捷，不宜引經據典，不尚咬文嚼字；趣，新奇有趣，輕鬆活潑；近，時間之近，接近新最，三十年前亦可用，三十年後亦可用者，不歡迎，空間之近，地域上接近香港，文化上接近中國讀者；物，言之有物，講述一段故事，一件事物，令人讀之有所得，大得小得，均無不可，一無所得，未免差勁；圖，圖片、照片、漫畫，均圖也，文字生動，有戲劇舞台感，亦廣義之圖。」①

兩份秘籍，共二十九字，已成為《明報》之編輯金箴，而王世瑜將此秘密公開之後，新聞界中人有不少皆以之為借鏡，爭相效法。

金庸大力改革《明報》副刊，當然也是為了增加銷量，《明報》當年是知識份子報紙，香港很多中學規定學生看的報紙就是《明報》。但金庸並不滿足於此，他對總編輯王世瑜說：「讀者就像金字塔，所謂知識份子只在金字塔最上邊的那一層，我們要做的是底下那一大片讀者。」

於是，在王世瑜的策劃下，《明報》增加了很多彩頁，最令人注目的是每個星期天推出的彩色粉紙版，叫明虹版，整頁粉紙一面是性感美麗的女明星照，另一面是廣告和優質生活介紹，夾

① 張圭陽《金庸與〈明報〉》，湖北人民出版社，二〇〇七，第一五五。

在報紙中隨報贈送。當時，不少明星被請到《明報》拍照，將《明報》大廈六樓一個房間設置成攝影沙龍，好多年輕記者也趁機一睹明星風采。據說很多原本不看《明報》的讀者，沖着每個禮拜天的彩色明星照，也會去買一份《明報》，更有不計其數的打工仔將這明星照貼在床前，每個禮拜換一張，很是過癮。這大概就是金庸所說的——爭取金字塔下面的那一大片讀者了吧。

《明報》的銷量又進了一步，金庸很高興，他跟王世瑜說：「做報紙跟做其他生意一樣，都是生意，不能一味扮清高，曲高和寡啊！」

王世瑜在談及《明報》的成功時說：「《明報》的成功，可歸功於查良鏞個人的遠見。由早期以武俠小說的金庸作號召，邁向二十世紀六十年代以政論聞名的查良鏞年代，以至目前上市以企業手法經營《明報》，金庸成功地將《明報》塑造成一份備受知識份子尊敬的報紙。」

（二）

一九六七年，「文革」波及香港，釀成了「六七風暴」，由五月六日工人自發地靜坐罷工開始，到左派工會介入，號召各行各業工人起來聲援。

五月十日，金庸發表社評《住下來了，不想走了！》：「香港儘管有它一千個不好，一萬種不是，……我們都是來自五湖四海，走到一起來了，住下來了，不想走了。」當天下午，工人、學生及各界代表手持紅本本舉行游行示威。港府為了防止工人大規模聚集，出動大批軍警，最後工人與警察發生衝突，警察動用警棍、防暴槍和催淚彈，不少工人遭到拘捕。金庸在這一天的社評中呼籲居民「力持鎮定，共渡難關」。

面對越來越激烈的「反英抗暴」騷亂，金庸連續發表了《每個香港人的責任》、《命運相同，同舟共濟》、《香港居民在懇求》、《十二天來的噩夢》、《豈有他哉？避水火也》等社評。

金庸的態度一直很明朗，反對暴亂，維護穩定，所以，「左派」暴亂分子稱他「豺狼鏞」，將他列入暗殺黑名單。

八月二十四日，香港商業電台播音員林彬（真名林少坡），由於在「大丈夫日記」、「欲罷不能」節目中猛烈抨擊「左派」暴亂分子，切中時弊。結果，林彬在上班途中慘遭左派分子投擲汽油彈攻擊，被活活燒死。他的死震驚了整個香港，新聞界人人自危，《明報》還是接連發表了《燒不滅正義的聲音》、《敬悼林彬先生》等社評，沉痛哀悼林彬的死，憤怒　責左派令人發指的暴行，鄭重表示為了維護香港和平與穩定，願意與同業一起堅決鬥爭，決不妥協、退縮。

幾天後，金庸家中收到一份郵包。金庸後來回憶道：「我家曾經收到一個郵包炸彈，王瑜發現郵包可疑，於是報警。」這枚「土製炸彈」可不是鬧着玩的，不似僅僅意在恐嚇，而是實實在在的「真家伙」。金庸說：「警方就在我跑馬地家門口引爆了那個炸彈。」①

若非王世瑜警覺，後果將如何？死？傷？重傷？各種可能性都是有的。為此，原本得到金庸重用的王世瑜更加被另眼相看了。

「炸彈事件」之後，《華人夜報》創刊，金庸的太太朱枚任社長，王世瑜出任總編輯兼督印人。《華人夜報》走的是軟性路線，內容主要以吃喝玩樂為主，還帶有一些色情成份。報紙一出版，銷路尚好，但不久卻停辦了。停辦的原因是朱玫不滿《華人夜報》的辦報方針，色情內容太多，對王世瑜很有意見。有一次，兩人曾就某個問題發生口角，朱玫就要求金庸辭掉王世瑜。金庸左右為難，最後迫於無奈，就把朱玫的意思跟王世瑜說了。誰知，王世瑜聽了，一氣之下就辭職不幹了，帶着幾名記者離開了《華人夜報》。王世瑜一走，《華人夜報》也停刊，代之而起的是《明報晚報》。

王世瑜去了《新報》，很快創辦起《新夜報》。王世瑜離開《明報》是懷着滿腹怨氣的，因而常常在《新夜報》上不停地製造新聞，欲貶低金庸，並每天親自寫《射雞英雄傳》與金庸「唱

① 張圭陽《金庸與報業》，香港明報出版社，二〇〇〇，第二八八頁。

對台戲」。《明報》收集了證據，本來要與王世瑜對簿公堂，可是被金庸阻止了，只是笑笑說：「小孩子麼總是這樣的！」不放在心上。當時金庸四十四歲，而王世瑜還不到三十歲。

王世瑜雖然身為《新夜報》老總，助手卻只有號稱零零八的雅倫方一個，可他一手包辦撰稿、約稿、編輯、排版等工作，當時真是辛苦，整份報紙的工作只由兩三個人分擔，每天一寫便四萬字。《新夜報》一上市便銷售幾萬份，替《新報》老板羅斌賺了不少錢。

一九七二年，王世瑜創辦以黃色小說、馬經為主的《今夜報》，銷路居然蓋過《新夜報》，成為小報之王，一枝獨秀，王世瑜賺了不少錢。一九八三年，他將《今夜報》放盤賣掉變現鈔，舉家移民加拿大。

金庸對王世瑜念念不忘，一聽王世瑜不辦報了，立刻請他回來主持《明報晚報》報政，銜頭是《明報晚報》社長兼《財經日報》社長，風頭之盛，一時無兩。

金庸氣量之大，真是罕見！

王世瑜坦言曾與金庸因辦報宗旨出現分歧而爭執，但金庸無可置疑是他人生中最舉足輕重的伯樂。對於金庸，他曾有這樣一句評語：「金庸深懂用人之道，懂得放手讓下屬辦事，三十多年來從未見老板辭退過一名員工，甚至罵過一名下屬，跟他並肩作戰的同事都對他畢恭畢敬。」他認為金庸的知人善任，與事業的成功是不可分割的。

（三）

王世瑜任《明報》總編輯的時候，開始以筆名「阿樂」撰寫專欄。

王世瑜說：「金庸先生問我為何會有阿樂這個筆名，其實連我自己也記不清楚，只知這個『樂』字太有意思了，所以我的專欄名稱也叫『不亦樂乎』，生活本來就是為了快樂嘛！」「做人不要戴着放大鏡，要學會知足常樂。」不愧為師承金庸的報壇奇才，王世瑜四十多年來在報界寫下無數擲地有聲的專欄。當年的王世瑜，可說是報界的「萬能俠」，他會以不同的筆名撰寫專欄，例如武術的袁鐵虎、生活趣事的馮佩蒂，用過的筆名不計其數，不過最廣為讀者熟識的則非「阿樂」莫屬。

金庸很善於引導副刊作者的寫作方向，如王世瑜寫了許多有關中國大陸氣功及特異功能的事情，而居中介紹特異功能人士給阿樂的，是金庸。鼓動阿樂撰寫這類稿件，並預見稿件會很受讀者歡迎的，也是金庸。

王世瑜閑時喜歡鑽研醫、卜、星、相之術，又愛與奇人異士論交，而且與高人們特別有緣，親睹許多驚世異象，便諳靈測異能，當與友人聚頭酒酣耳熱興之所至，常會露兩手，他曾給金庸測過八字，看過相。所以，金庸等朋友給他封了個綽號「神仙樂」。

王世瑜回歸《明報》，擔任《明報晚報》總編輯後，金庸曾經問他：「你學懂命理占卦最大的得着是什麼呢？」王世瑜哈哈大笑說：「學懂命理最大的得着，是娶了我的太太。」不說不知，原來當年王世瑜在《新報》任總編輯時，已對命理占卦頗有心得，以致每天都有數十位記者、編輯排着隊等他指點迷津，而王世瑜就在此時邂逅了他生命中的另一半：「世間上有沒有一見鍾情？答案是有的。不過我跟太太的相遇卻很怪，當年她任職《新報》經理部，而我是總編輯，有一天，一班女同事又排隊嚷着要我替她們看掌相，現任太太便是其中一位，記得她排在第三位。看見她的那一刻，我的靈感再次強起來，然後看看手掌跟着對她直言：『我不是佔便宜，但你就是我老婆。』太太當時以為我信口雌黃，不過九個月之後我們不單成為戀人，她還是樂嫂了。」

金庸十分喜歡駕車，更喜歡駕跑車。最早，用過凱旋牌小跑車，後來，換了保時捷。保時捷跑車性能之佳，世界知名，到了金庸手中，平均駕駛時速略為提高，大約是三十里。王世瑜問金庸：「你駕跑車超不超車？」金庸答：「當然超車，逢電車，必超車！」其性格中的「穩」字，由此可見。

與金庸不同，王世瑜也喜歡駕車，卻喜歡飆車。二十世紀八十年代，每當夜半人靜，西貢一帶的山彎路徑，總不時傳來汽車引擎的轟隆聲、急速拐彎時車胎與地面強烈磨擦的嘶啞聲。製造聲音的不是非法賽車集團，更不是專業的賽車手在練習，而是王世瑜駕着他的愛驅，載着文筆辛辣的倪匡、邵氏電影粵語片明星岳華一起飆車，原來他們三人都是「飆車族」。傳奇作家倪匡，筆下的衛斯理身手非凡，但自命是個糟老頭的他，卻不敵王世瑜狠辣的駕駛技術，王世瑜更不時以此自豪。有一次，「飆車三劍俠」一如以往相約飆車，可是不知是王世瑜的飛車技術突飛猛進，或是那天倪匡的身體狀態不佳，車開了不久，越開越快，向來天不怕、地不怕的倪匡也嚇得一臉青澀，暈頭轉向。

一九九〇年，王世瑜移民溫哥華。二〇〇二年，獲發加拿大卑詩省註冊中醫執照，成為北美洲首批合法中醫師。其後在溫哥華成立非牟利機構「樂健會」，為海外華僑義診。他有一本醫學書籍《阿樂珍藏秘方》一九九八年在香港出版，至今已加印至第二十九版，連續多年被列入十大暢銷書之一。

不過，他憑着雜學本領，身披傳媒人、中醫師、命理學家等多重外衣，運用其筆觸至今在當地多份報章撰寫專欄。

他在《蘋果日報》撰寫「樂在其中」專欄，其中一篇為《預批戀情》，說金庸對佛學有頗多研究，在作品中臨摹過佛教世界，塑造了眾多的佛界僧侶形象。一次和王世瑜聊天，金庸認為，中國近代高僧太虛法師和印順法師都提倡「人間佛教」，主張佛教要入世，要為社會、民眾做貢獻，即大乘佛教所提倡的「普度眾生」，他認為是順應時代發展的思想。實際上，在他的作品中，對於佛家的「功德」就另有一番解悟。喬峰一生殺人無數，酒量過人，奈何少林無名神僧讚之「菩薩心腸」，被譽為「最有佛性」的人物，保境安民，以一人換兩國數十載安寧，正是佛門最上乘之「無畏施」。神鵰俠楊過在襄陽城下飛石而斃蒙哥，殺一獨夫而息兩邦苦戰，救萬千黎民於水火。此等功德，豈是吃齋戒酒可得？

王世瑜引用金庸的話：「在中國佛教的各宗派中，我心靈上最接近『般若宗』。我覺得開悟之前，是見山不是山，見水不是水，開悟之後，見山還是山，見水還是水。」金庸這話是說人許多時候看山看水，因為心境的不同，山和水都被賦予了人的感情色彩，等到明白了世間真諦之後，山就是山，水就是水。

王世瑜說，交朋友是以興趣為契機，性格作為本錢，合則一起玩，不合則疏遠。他的人生目標就是享受，由一杯啤酒到寫一篇好文章，他都滿懷喜悅。「人生苦短，何不瀟灑走一回，想到什麼便做什麼，只要能觸到生活的本質，閑時與知心好友擎杯縱談，便已不枉此生！」王世瑜的精言警句，大智若愚，超然境界的人生觀，令人敬服。

香江健筆師出「明」門
——著名報人林山木

如果說金庸是二十世紀六十年代「自由」知識份子的一代宗師，那麼系出「明門」、師承金庸的林木山則可說是八十年代的個中翹楚。

在香港，最為文化界、知識界推重的兩大報刊，一是《明報》，一是《信報》。《明報》的創辦者為著名的大俠金庸，而《信報》的創辦者則不太為國內讀者所知，他就是曾經追隨過金庸、後又自立門戶創辦《信報》的林山木。

金庸說過，《信報》的影響力主要來自一支筆桿子，指的就是林山木幾十年從不間斷的政經短評和專欄。他於一九七三年創辦香港第一份財經報紙《信報財經新聞》，於一九七五年創辦《信報財經月刊》，主持兩刊筆政長達二十四年之久，成為香港文化人辦報的翹楚。所撰國際政治經濟評論學識豐贍，觀點尖銳，充分顯示知識份子的良知和道德勇氣，被譽為「香港第一健筆」。金庸將他的專著推薦給了台灣書商沈登恩。

報的真實寫照。

《明報》大樓，金庸辦公室裡，大班台上放滿了書和文稿，牆壁周圍也全部都是書櫃，書櫃中整整齊齊地裝滿了各種書籍。牆上掛着一副對聯：「無欲則剛，有容乃大。」堪稱金庸文人辦報的真實寫照。

（二）

金庸端坐在大班椅上，神情嚴峻地注視着他對面的兩個人。他的手邊放着一疊書稿。那是一九六九年秋天，林山木學成歸來，回到明報社。

對面，坐着沈寶新和潘粵生。沈寶新與金庸年齡相仿，都是四十五歲上下，他是《明報》的另一股東；而潘粵生卻還只有三十多歲，他是《明報》的主編。這兩個人是《明報》的重要人物，也是金庸的左膀右臂。

「我花了一整天時間，讀完了林山木這些文章。以我的眼光來看，這是他在英國求學時寫下的文化隨筆，這些文章有着濃重的書卷氣，給人一種雅緻溫厚之感。我想，讓林山木來主管我們的《明報晚報》決不會錯！」金庸講話很慢，似乎每個字都要經過深思熟慮才說出來的。這一年，金庸將娛樂性的《華人夜報》停了，創辦《明報晚報》。

潘粵生也感慨地說：「林山木師出『明』門，他的文字風格也是師承查先生的。」林山木，一九四〇年出生在廣東潮州地區一個藝術之家，父親為畫家，母親為音樂教師。林山木到香港後初在《明報》工作，做資料搜集員，聰敏好學而深得金庸賞識，一九六五年赴英國劍橋工業學院留學，主修經濟學。在留學期間，他一邊課餘打工，一邊為報紙撰稿。此刻，金庸手頭拿着的就是他後來集成四冊出版的《英倫風采》的書稿，是他這個時期留學生活的寫照，對英國的飲食住行、風土人情、文化傳統等有其獨特的視角和觀察，比如寫大學流行的板球、划船運動及其悠久傳統，寫求學期間租房、下厨的生活經歷，寫搭順風車、住青年宿舍的旅途趣事。

「問題是，我們該給他一個什麼位置呢？總編輯還是編輯主任？」沈寶新似乎有點擔憂什麼，他嘆息一聲道：「王世瑜也是查先生一手提拔上來的，還不是一走了之。」《明報晚報》的前身是《華人夜報》，這兩份報紙的總編輯一度由王世瑜擔任，走的是軟性路線，內容主要以吃喝玩樂為主，還帶有一些色情成份。報紙一出版，銷路尚好，但不久卻停辦了。《華人夜報》停辦的原因，是因為王世瑜辭職不幹了。潘粵明建議讓林山木頂上這個缺位，將《明報晚報》辦成一份綜合性報紙。

「林山木是個人才，當年是查先生保送英國讀研的，這番回來，他能夠在《明報》安心干下去嗎？」沈寶新提醒說。

金庸沉吟了一會兒，然後慢條斯理地說：「該啟用的，終究是要啟用的。我們不應該忘記，我們《明報》發展這麼迅速，得於『北望神州』版的大陸報道，林山木雖然不是編輯，可他提供的情報是起了決定性的作用的。」

沈寶新和潘粵生都不說話了。他們的思緒彷彿回到了幾年前。

一九五九年五月，金庸出資八萬，沈寶新出資兩萬，共同創辦了《明報》。《明報》創刊初期，沈寶新管營業，金庸負責編務，潘粵生做他們的助手。儘管他們不斷更改副刊內容，改變新聞路線，金庸更是抱病撰寫《神鵰俠侶》，但是《明報》還是一步步滑向『聲色犬馬』之路，銷量在千份之間起伏，第一年就虧空嚴重。

一九六二年，是《明報》的轉折點，中國內地的政治變局為金庸的出人頭地提供了機會。這一年，內地經濟受「大躍進」影響而瀕臨崩潰。從二月起，每天逃亡到香港的民眾數以萬計，被香港警方堵截於上水梧桐山。由於事件敏感，《大公報》、《文匯報》等報都不予報道，《明報》卻「莽莽撞撞」，大聲疾呼，幾乎每天都作頭版全版報道。

就在此時，林山木隨着人流偷渡到了香港，他以中學生的學歷進入《明報》的資料室，為「北望神州」版搜集內地的消息，為金庸撰寫社論提供參考資料。就因為林山木的偷渡身份，提供的內地情況比較真實而透徹。金庸拯救《明報》靠的就是這個時候的社論。

《明報》副刊的約稿工作，傳統上由金庸或總編輯潘粵生負責，編輯只是扮演催稿、校對的角色。許多欄目名稱都是出自金庸或潘粵生之手，如「一笑會」、「青春」、「童心」出自金庸；「荒謬」、「自由談」出自潘粵生。不少欄目名稱還是林山木在搜集資料的同時為他們出的點子，如金庸讓《明報》主筆徐東濱設置一個資訊性的專欄，以提供事實為主。金庸認為香港讀者喜歡資訊，不大喜歡意見和感想，林山木建議用「東張西望」為欄名。

《明報》有「三寶」：社論、副刊和中國問題，其背後有林山木搜集資料和分析資料所給予的開闊視野，啟發思維。金庸的社論，以「言論獨立」的形象在香港贏得清譽，特別是「北望神州」版每天刊登有關大陸的消息，滿足了香港人對大陸一無所知的需求。從此，《明報》成為報道中國消息的權威，金庸成為自由知識份子的偶像。一九六六年下旬，《明報》通過銀行按揭，用六百多萬元買下了位於北角的全幢共九層的南康大廈，並改名為明報大廈。一時間，《明報》成為香港舉足輕重的一家傳媒企業。

「我同意粵生的意見。我們雖然是報人，應有商業心眼，但是我們首先還是文人，文人最講究的是獨立的人格，寧可人負我，我決不負人！對於明報的用人之道，我是主張唯才唯賢的，用人不疑，疑人不用。」金庸說話很果斷，不容置疑地說道：「老沈，我們一九五九年至一九六二年，那麼困難的時候都咬牙挺過來了，除了我們三人精誠合作以外，難道不是因為我們還使用了許多文化精英和經營人才嗎？」

沈寶新一愣，他想說什麼，但是最後還是忍住了。

金庸繼續說道：「不是說林山木一回來就到《明報》了嗎？我想見見他。」

潘粵生連忙說：「這個林山木回到香港，沒有落腳之處，他說請我們安排他工作，只要在查先生手下，有個安生之所就行了。我看他這個人還是比較勤奮的，而且與人相處也非常好……」

「好了，不要說了，把他叫進來吧。我馬上見他。」金庸果斷地說。

這次會面，金庸跟林山木談了些什麼，不得而知，可以肯定，如何辦報是主要話題。

二〇〇四年六月，林山木著文談辦報與讀書，說到了他常去金庸的書房：「筆者的友人不少是愛書之人，唯最有氣派的書架，在查良鏞先生渣甸山巨宅書房，其時此書房有『最昂貴書房』之稱，書房面積千方英尺以上，『樓價不菲』，記憶中查宅花園中還有一儲書室，只是筆者沒參觀過。後來查氏搬進舊山頂道新居，藏書似已轉移至其公司，相信亦有部分捐給圖書館、遷移至杭州西湖畔的『雲松書社』或當廢物掃地出門。再後他遷居半山公寓，地方小了，料又淘汰不少舊書，有的還流傳海外。」①

① 林行止《書痴》，《萬象》，二〇〇四年六月號。

（二）

林山木先任《明報晚報》副總編輯，主管經濟版，不久即升為總編輯。

「林行止」是他的筆名。

上任伊始，恰巧遇上香港經濟起飛。那個時候，一般的新聞報紙都不設財經版，《明報晚報》則獨辟蹊徑，以報道財經新聞為主，深受廣大股民歡迎，很快《明報晚報》就成了民眾心中的「財經權威」。一九七二年，又逢戰後第一個股市狂潮，首十個月有五十五種新股上市，股市成交總額為二九三．二億元，比對上一年同期的一二三．三3億元為多。新鴻基證券負責人馮景禧還預測，一九七三年香港股市燦爛無匹。他這個預測，被證實是錯誤的。不過，在一九七二年初，受了當時氣氛影響，林山木經金庸首肯，《明報晚報》馬上改變路線，轉為經濟晚報，緊隨股市起舞，以吸納關注財經股市的讀者。

財經專欄作家曹志明毛遂自薦給《明報晚報》寫一些投資分析的文章，林、曹組合遂初告形成。《明報晚報》改版，包括三個元素：一是股市行情表，高十欄；二是專欄，有「股市漫步」，有「金魚缸內外」及「投資者日記」；三是經濟新聞，包括上市公司業績報告，市況走勢及分析。林山木辦《明報晚報》的手法，與金庸當年辦馬經版的手法相近。一是重視股評，一如重視馬評一樣；

二是賣專欄作家的名氣，如股評名家思聰君；三是借《明報》日報為新創刊的《明報晚報》促銷。如《明報》日報上有如下宣傳字句：「要知股評名家思聰君對鱷魚恤的看法，請讀今午出版之《明報晚報》。」

林山木是潮州人，有潮州人的固有狠勁，辦報紙作風大膽潑辣。《明報晚報》在他的主持下，銷路直線上升。主要原因是它提供股市消息十分準確。股市狂潮時，買股票等於買馬票，要講究貼士。《明報晚報》就等於馬經，專向股友提供貼士，作隔天預測：匯豐好市，會升多少；和記下挫，理宜拋出；……股友就根據提示去處理明天的買賣。由於所作預測命中率很高，《明晚》就成了股友心目中的明燈，銷路哪能不好！

林山木有什麼法子獲得那麼多貼士呢？原來，股票市場裡的許多大戶，如李嘉誠、廖烈文等，都是潮州人，跟林山木有同鄉之誼。加上林山木的外表長得氣宇軒昂，風度翩翩，而又口齒伶俐，身份又是《明晚》老總，許多大戶都願意跟他來往，酒醉飯飽，談起明日股市，自然會說出個人觀感。

香港的股市交易，主宰權只受兩種情況控制，一是國際形勢，二是本港大戶。國際形勢並不是天天在變，所以大戶的力量，反而顯得突出。林山木根據他們透露的口風，第二天一早回到報館，便寫成文章發表。《明報晚報》是在下午一點多鐘出版，股友看到林山木的提醒，仍可趕得上下午的交易，所以有段時間，全香港的股友都把《明晚》奉為「財經權威」。銷路就這樣越來越好，林山木借着他的關係，也在股票市場上賺了一大筆。

那些大戶之所以自願向林山木提供消息，無非志在宣傳。想着某只股實開，最好的方法莫如能在事前通過傳媒製造消息，那麼，股票就一定會升。這是先利人後利己的做法。

在這段時期，林山木在報紙上撰寫的投資分析與管理意念介紹使他在財經報道領域中嶄露頭角。香港是典型商埠，不諱言是「經濟人」的港人數不勝數，他們對能夠解釋經濟行為的經濟理論只要不是滿紙術語、程式及生硬的「外來語」，是有興趣閱讀的。縱情犬馬聲色的香港人有興趣閱讀筆鋒不帶感情又乾澀難明的經濟學文章。林山木深知香港民眾亟需客觀的經濟報道與分析，萌發了創辦一份專業財經報紙的念頭。

一九七一年，林山木與駱友梅在香港結婚，駱是香港第一位做電視新聞現場報道的女記者。主持《明報晚報》數年之後，林山木的財經文章爐火純青，自己創業的基礎也水到渠成。林山木為人沉着，同時對商場也相當了解。他暗中籌備，一切成熟後，他便向金庸攤牌。金庸自然再三挽留，但創業的激情使林三木決然他往。於是，林山木與夫人駱友梅創辦的《信報財經新聞》在一九七三年七月三日創刊。

《信報》初期只是出版一張，社址在擺花街中環大廈，由於報社沒有機房，像《明報》創辦時一樣，《信報》也是交由慎記印刷公司承印。他在創刊號的「政經短評」《這是一個開端》一文中說：「經濟新聞報道，這幾年來已蔚成一種時髦的風尚。不管報紙的性質如何？讀者的對象是什麼？幾乎所有的報紙，都非來一版經濟新聞不可。」

《信報》創刊不久立遭困難，報社落魄到自買麵粉自煮漿糊貼稿。這時候，金庸主動向他伸出援手，許多《明報》專欄作家甘願做「二主一仆」，如原本在《明報》經濟版寫「股市漫步」的陳崑崙、「香港股市」的思聰、「投資者日記」的曹仁超（本名曹志明），也為《信報》撰寫同名專欄；《明報》報社同仁如陳非（本名龍國雲，《明報》採訪主任）為《信報》寫「千金集」；《明報》港聞編輯江之南（本名王陵）為《信報》寫「商場趣異錄」；碧琪（本名韓中旋，《明報》編輯主任）為《信報》寫「中區麗人」。林山木也在發刊的社評中向金庸和《明報》的舊同事致謝，坦言在籌備期間得到他們的指導和鼓勵。

林山木憑擲地有聲的社論，以及全港唯一一份財經報紙的獨特位置而慢慢站穩腳跟，同時也力邀著名經濟學家張五常為其撰寫專欄文章。由於林山木與李嘉誠、香植球、詹培忠以及銀行家李國寶等私交甚篤，時有獨家新聞爆出。

林山木和李嘉誠為潮州老鄉，兩人可直接用潮州話通電話。七十年代，《信報》因經濟危機而遷入的北角工業大廈四層，便是李嘉誠私人物業。一九七九年九月，李嘉誠以六・三億港幣從滙豐銀行手中買入和黃的控股權。消息公佈前，李嘉誠急電林山木，林則親自對其做專訪。次日，《信報》是唯一刊出李嘉誠訪問的報紙，此事令同城媒體矚目，轟動一時。

林山木的「政經專欄」和曹仁超的「投資者日記」專欄，成為《信報》聞名香江的兩大品牌專欄。「林行止」是林山木的筆名，「曹仁超」則是曹志明的筆名。

林山木於一九七七年又創辦《信報財經月刊》。《信報》成為《明報晚報》的最大勁敵。許多人認為林山木太過忘恩負義，但金庸說：「人望高處，水往低流，林山木有這麼好的成就，我也高興。」①

在許多社交場合，金庸都會跟林山木碰頭。金庸一見林山木，一定會走過去握手，很客氣地稱呼他「林先生」，而沒有一般老板名人的習氣，總是將別人當做自己的昔日「馬仔」看待。

對此，林山木在文章中解釋：「辦報哪有不重盈利，或是故意開罪別人的道理？我只是不會曲意行事，沒有為利益改變我對新聞工作的一些基本態度罷了。」

① 費勇、鍾曉毅《金庸傳奇》，廣東人民出版社，二〇〇〇，第六〇頁。

（三）

《信報》是香港文人辦報的傳奇之一，林山木夫婦與創辦《明報》的查良鏞，同被認為是香港文人報年代頗具公信力報紙傳奇的特殊人物。

一份報紙，搞一兩期「洛陽紙貴」效果或許並不難，有機遇或一時猛下功夫或可致之。但能長期維持下去，並可謀不菲之利，這就是林山木作為一個報人的功夫了。自一九七三年至一九九六年的二十四年間，林山木每天在《信報》撰寫社論《政經短評》，分析評論香港及世界政經形勢。一九九七年初，林山木主持《林行止專欄》，以深入淺出的方式寫經濟理論，題材廣泛，不限於政經，也包括各類嗜好、古今中外所見所聞，其客觀和深入分析，加上過人洞察力，獲得高度評價，被譽為「香江第一健筆」。他多年的文章，更被結成二〇〇〇多萬字的七十二冊作品集。

師出『明』門的林山木，其文字功夫已見傳承。國際知名經濟學家張五常推崇香港報紙四十多年來的兩支健筆是金庸和林山木。他說，金庸文章與史識都上乘，以史論政，獨步文林；林山木少引歷史多用理論，題材溥洽，創意豐富。那是說對了，林山木所撰國際政治經濟評論學識豐贍，觀點尖銳，充分顯示知識份子的良知和道德勇氣，他早年作品真刀真槍，堅壁清野，絕不含糊，後來才慢慢放鬆，悠然見南山，多了事外的水聲樹影。

林山木叫我們大開眼界的是，他看的雖是「閑書」，但事事要問緣由，求水落石出的脾氣不改。更難得的是他涉獵的範圍絕對是「雅俗共賞」。這邊廂他向你細訴曼陀林之戀，你聽得入神，方留戀處，他已換了嘴臉，煞有介事地引經據典給我們講「趣不可當的西洋屁話」。林山木知識廣博，視野廣闊，信手拈來，涉筆成趣，無論是談「便便」還是談「那話兒」都給人耳目一新之感。如他在《「屁」話連篇》一文中說：「金庸在《笑傲江湖》裡寫岳不群運行真氣時，可隨心所欲放屁排氣。可惜一筆帶過，沒有深入寫下去，如果開創出『渾天罡氣』，一放連綿不絕、山呼海嘯、震耳欲聾，斷人經脈於千里之外、瞬息之間，大約也不用『欲練神功，引刀自宮』去練什麼勞什子的《辟邪劍譜》了。」金庸閱讀後說：「以嚴肅的學術精神來探討不入大雅之堂的話題，恐怕只能林行止才能做到。」

在台灣遠景出版社的出版書目中，結集發行的經濟及政治評論集等有七十餘冊的林山木著作，如《經濟學家》、《一脈相承》、《經濟門楣》、《身外物語》等，是金庸將他推薦給了台灣書商沈登恩。

早在一九七五年，沈登恩赴香港拜會金庸時，得到林山木的第一本結集作品《英倫采風》，一見如故，從此沈登恩成為林山木的固定讀者。當時《信報》還不能空運台灣，他就托朋友每周給他寄《信報》上林山木的社論「政經短評」剪報。由於林山木的政經評論常常批評台灣當局，在很長一段時間內，其書在台灣一直被禁止出版。

金庸小說開禁以後，沈登恩故技重演，向「上頭」展開遊說。幾經爭取，遠景公司終於一九八九年搶得先機，率先在台灣推出《林行止作品集》，立即受到台灣地區讀者的極大歡迎。「林山木這人吶，可愛到極點！」因為要極力推薦林山木其人其書，沈登恩每逢新朋友，便少不得要談林山木的趣聞逸事。譬如：林山木年輕時在金庸《明報》工作，和女友首次約會，本來說好去看電影，到了約會時間他卻先帶着女友去報館交社論再去影院；從周一至周五，他躲在家裡閉門不出，埋頭讀書寫作，早睡早起——凌晨兩點睡覺，早上六點起床；他離開金庸報館自創《信報》以來，一貫低調，鮮有召集手下開會之事，偶爾去辦公室都是「偷偷摸摸」的，以至於不少報館職員甚至不認識老板。一講到林山木，沈登恩精神畢現，坦陳自己的欽佩之心。其實，林山木的不少趣聞軼事，遠在台灣的沈登恩是從金庸的來往信件中獲知的。①

二〇〇〇年，沈登恩帶着林山木的幾十種著作參加北京國際圖書博覽會，誠懇地說：「我是想幫祖國大陸打開一扇窗。」如今，這扇窗無疑已經開了。林山木著作在內地讀者中已有漸領風

① 鍾兆雲《台灣出版大家沈登恩》，《人物》，二〇〇五年第二期。

騷之勢。沈登恩談起出版生涯中的感念時說：「書要暢銷，須具備兩個因素，一是好看，就像金庸的武俠小說；二是能給讀者帶來某方面的幫助，比如經濟類的書，林山木重塑了經濟和日常生活的關係。」

一九九七年，林山木把《信報》管理工作交棒給女兒林在山，但仍然繼續在《信報》撰寫專欄。二〇〇六年八月，《信報》被證實被香港首富李嘉誠二子李澤楷收購。①

可以說，林山木的文人辦報風格，也是師承金庸的。因此，當年金庸將《明報》賣盤給于品海，就順理成章地成為今日林山木向李澤楷出售《信報》的寫照。一位曾經歷事件經過的資深記者這樣回憶道：日前剛好與人談及當年金庸把《明報》賣給于品海的掌故，金庸一世英明，竟失手在此，老查與小于後來都搞得非常狼狽，今天重看，真是離奇。大俠小俠不外如是，命運有意將一大群曾經自命不凡的人捆綁在一起。

據說，金庸當年賣《明報》時，曾提出三個要求，一是要善待《明報》舊部，二是不要改變《明報》既有風格，三是準時分期付款，結果是事與願違，令當事人感到非常尷尬。翻看這三個要求，竟與傳聞中林山木對李澤楷購入《信報》的要求十分相近，令人不敢相信，文人賣報會遵循相同

① 姚瑞倫《信報轉手结束香港文人辦報時代》，《外灘畫報》，二〇〇六年八月三日。

的原則及方式，而且可能遭受相同的失敗。

二〇一四年九月，林山木向李澤楷售出剩餘《信報》股份。金庸和林山木一前一後畫下文人辦報時代結束這一歷史句號，做出了令香港新聞界為之唏噓的決定。

「我沒有什麼新的打算，不拘一格的繼續寫作外，行山、旅遊、看書、聽音樂、玩玩樂器（背樂譜有助強化記憶力）之類的生活內容不改，但是會有調節，耆老之年，如今及時行樂與弄孫為樂的心情，已經遠比寫作意欲來得高漲。」林山木說。

依戀舊時月色

——「明月戀人」董橋

二十世紀八十年代初，金庸邀請董橋出掌《明報月刊》，董橋後來轉任《明報》總編輯，兩人合作多年，相交相知。

和他的老朋友金庸一樣，越老越要享受，但不是膏粱厚味，而是那些滲着古味的情趣，讀閑書，喝閑茶，聊遠事，懷故人，這是董橋文字不變的主題。

金庸說董橋：「沒有他，不可能有《明報》的今天。」

（一）

一九七九年，胡菊人的離開，使《明報》集團失去了一位可以獨當一面的要角，金庸極為痛惜。無奈他親自兼任老總，覺得十分不便，便四處找尋適當人選，結果找到了董橋。董橋那時在香港中文大學有教職在身，不想放棄。金庸看過董橋的翻譯，視為第一流高手，因而一定要把他請到才甘心。他知道董橋是為了中大的豐厚薪資，方始猶豫，於是答應董橋給予同樣的待遇，終於「挖角」成功。

那是一九七九年底，董橋三十七歲，有過在英國BBC電台中文部工作的經歷，一九七九年到香港後任職於美國國際文化交流總署，曾打算去廣州的中山大學任教。

「挖角」之前，金庸與董橋有過一次談話。

金庸先問他：「聽說你是福建晉江人，怎麼會在印尼出生的？」

董橋回答：「那時福建鄉下地方很窮，沒有什麼生路。父親一早就跟當地許多百姓一樣，下南洋闖蕩，二十世紀二十年代左右在印尼落腳。僑居南洋，我在嚴父督導下天天臨帖練字，臨的是文人氣濃郁的何子貞。後來，我隨亦梅先生讀書念詩，如沐春風。先生曾教我讀一本《博物要覽》，書中描寫各種珠玉犀象，可珍可玩的雅品，每則只有三言兩語，言簡意賅。先生說，你學會用簡潔的筆墨描摹眼前的景物，以後作文不致累　。因而我反覆誦讀，默記於心。這樣，煮夢廬裡的歲月養成了我的人生底色。」

怎麼我覺得你寫的文章有明清小品文的味道，大概是你聽從先生的教導磨礪成的結果？」

「還有南洋土地遺民種子的營養。我的父親與舅舅合伙開書店，做商務印書館的代理商，這讓我從小就能泡在書堆裡。後來父親開辦工廠，又讓我的童年過得相當富足。我上小學就有私家車接送，我比同輩的同學生活優越很多。」

董橋也聰明，他的上一代都是老派文人，包括自己的父親，小時候出於好奇，他硬生生把父親藏在櫃子裡的宋元古畫看了個飽，因而，古意之於董橋，並不是虛無縹渺。文章千古事、修齊之道在董橋這裡很難找到，他文字裡多的不過是對古人的一份終極嚮往，於自己，深沉內斂，聚氣凝神，於他人，謙恭和善，溫文有致，和社會打交道的時間一去，剩下的便是自己的天地，所以，董橋最大的優點或者說文字風格是閑逸，不溫不火，不過，他的文章很容易膩，原因是主題的重覆和感覺的堆砌。

金庸說：「我讀過你的《書房窗外的冷雨》，你的文章描摹父親書房裡雅緻、古典的氣氛：紫檀書桌，烏木書櫥，窗外荷塘蛙鳴……」

董橋陷入回憶：「父親的書房內是靜　的，書房外卻是多事之秋。一九五八年印尼『排華』，我讀到高中便讀不下去了，隻身到台灣求學，攻讀下成功大學外國語文學系的科班。一九六四年剛畢業便結了婚，太太是在外文系的同班同學。」

「你才二十多歲吧？」

「還不足二十二歲，當時年輕氣盛，早早就把自己拴住了，一拴就是四十多年。因為在台灣找不到像樣的工作，我便帶着妻子到香港找謀生機會。當時香港經濟還不景氣，最多的時候，我一天幹三份工作，當過商鋪記賬的，幹過公司文書，日子過得很艱難。」

金庸笑了：「跟我初到香港時差不多。」

董橋接着說：「大女兒出生後，經濟壓力增加，我不得不尋找更高薪水的工作。剛巧英國廣播電台在中國香港招聘，既能去英國，也算一份優差。於是去考試，沒想到考上了。七十年代初，我將一家遷往英國倫敦，我半工半讀，開始了在英國的八年留學生涯。小兒子在英國出生了。」

金庸似乎早有準備：「你寫的《中年是下午茶》，很有紳士味道，就是那時候寫的吧？」

董橋應答自如：「是的。我喜歡喝下午茶，我覺得這是英國人挺好的一個習慣，很愜意。」

「我覺得你的文章很雅緻，有情趣，我覺得有一種意境與巧思。你不在英國喝下午茶，怎麼跑到香港來了，想吃夜排檔了呢？是否因為你有學貫中西的知識背景？」金庸給他面前的茶杯加了一點水。

哎呀，學貫中西是絕對談不上，只是我的經歷、學歷一直都是一半中文，一半外文的。因為我發覺香港經濟在騰飛，便動了回來的念頭，為了覓一隻稱心的飯碗。以前是我讀英文書讀得最用功的十幾二十年，先是進了香港的美國新聞處編譯美國書，上頭說：你沒住過美國，趕緊追讀美國書報，免得誤了前程！我憋了一肚子怨氣夜夜惡補，邊讀邊學，學出半個腦子的美式文化。後來放洋蹲在倫敦，處處情緻一新，彷佛掉進文化深淵，陌生、刺激而親切。學院正規重頭書的魅力經不起三兩年溫存就淡了，反而那些雜書恆常是路邊的閑花異草，每次走過忍不住要駐足瞧上幾眼……」董橋有點滔滔不絕。

金庸打斷他的話：「所以，你還是要回到中國書本上來？」

「不，我是要用西學改造我們的國學。英國人天生內向，一輩子拿書做幌子：說的話盡是書中珠玉，不說話的時候也會裝看書避免寒暄，日子一久，腹中難免飽藏萬言，人也眼空一切了。我不甘心自我矮化半截，鐵了心腸鑽進仇家眼皮底下的字裡行間看個究竟。好勝如此，險中求得一知加半解，倒也划算。匆匆八十年代了，我回香港主編那本高眉月刊，自覺書生編給書生看的讀物最怕迂腐，最怕孔夫子情意結，加上義和團的頭巾氣，取勝之道在於洋為中用，西湖邊上多找蘇姍桑塔來聊天。我於是不敢一日不洋化，翻遍西書西報化解受國學內傷的瘀血……」董橋站了起來，又說多了。

「好啊！《明報》這只飯碗給了你，你稱心就好好幹下去。」金庸挨了挨董橋的肩頭，讓他坐下。

董橋自喻是文化遺民，他那遺民的種子植根於南洋的土地。金庸選擇董橋出任《明報月刊》

總編輯，看中的是他的經歷：董橋生在南洋，學在台灣，常居香港，他的身上融合了中西古今的太多種元素。金庸曾評價董橋：「經歷培養學識，董橋的文章文化品位高，涉獵中西，文字上多屬中，氣質上多西化，行文獨具一格；中西文化的影響，是董橋形成個人風格的真正成因。」①董橋正是靠個人的學識、才情才免於淪為快餐文化，提升了品位。

在《明報》，董橋親近知識避免酬酢，生活在辦公室、書房逼仄的方寸天地間，既當《明月》總編輯，又是專欄作家，在香港這塊被人稱為文化沙漠的荒原上耕耘，培植綠洲。

與此同時，董橋結識了一批圍繞《明報》的文人雅士，豐富了人生閱歷和素養，最終養成心中「長劍一杯酒，高樓萬里心」那一縷乾坤清氣。

（二）

從一九八〇年一月起，董橋做了近七年《明報月刊》總編輯，共編了八十期，在他手裡繼續將《明報月刊》發揚光大。一九九九年八月十二日，董橋這樣回憶：「一九八〇年我接編《明月》的時候，『文革』過去了，鄧小平拖着重傷的中國跟跟蹌蹌走回國際舞台，月刊的政治文化取向面臨新的考驗，

① 李文《董橋風雅　只此一家》，《廣州日報》，二〇〇八年三月二十三日。

我不斷參考英美各類雜誌的編輯方針，不斷修葺自己的視野。」①

有人比較《明報月刊》的三任總編輯，認為胡菊人的使命感強，張健波的社會觸角廣，但文化、學術的聯繫，則是董橋的優勢。

董橋認為，雜誌和人一樣，氣韻之間既要有窗前寒梅的體貼，也要有雪中送粥的涵濡，不必輕加類別。因而，從窗前寒梅到雪中送粥，關懷社會秩序與文化秩序中的和諧境界，實際上就是《明報月刊》的風格。對此，一九八五年十二月，董橋寫過一篇題為《靜觀的固執》短文：「接編《明報月刊》的這六年裡，我看到中國大陸痛定思痛，埋頭修補人類尊嚴的一塊塊青花碎片；我看到台灣經濟拖拉機機件失靈，大家忙着清理大觀園內物質文明的污水；我看到香港的維多利亞陳年披巾給拿掉，政治着涼的一個噴嚏噴醒了多少高帽燕尾的春夢。就在這個時候。我也看到朝秦暮楚的個人信仰隨隨便便篡改價值觀念；各種政治宣傳向商業廣告看齊，利用現代傳媒科技的視聽器和印刷品，日夜不停騷擾中西文化中靜觀冥想的傳統。於是，我和我主編的《明月》也都生活在兩個世界裡，一個是熱性的政治世界，一個是冷性的文化世界；我和我主編的《明月》也有兩個聲音，一個是對文化之真誠與承諾，一個是站在政治邊緣上的關懷和呼籲。」一九八一年英國

① 董橋《沒有童謠的年代》，文化藝術出版社，二〇〇一，第一四〇頁。

公佈新國籍法白皮書，二百六十萬具有英國國籍的香港居民只有國民身份而無公民資格，《明報月刊》以此為題組織討論，使香港輿論嘩然，逼迫英國政府改變主張。八十年代中英兩國為香港前途展開談判，香港幾百萬人都抱禍福難卜的心情過日子，深深體會到自己的命運不在自己掌握中的無奈。董橋在《明報月刊》上每期寫一篇「編者的話」，求的是寫得跟別人不一樣。有一期，只用了一英一中兩段文字對照，英文是英國著名小說家、詩人勞倫斯的長篇小說《查泰萊夫人的情人》的開場白，中文則是董橋的譯文：「我們這個時代根本是個可悲的時代，我們偏偏不肯認命。狂瀾既倒，我們都在斷瓦頹垣之中，慢慢養成一點新習慣，抱一點新希望。費勁是相當費勁了：此去並無坦途：可是重重障礙，我們也有法子繞路走，甚至手腳並用攀過去。反正我們不管天塌了多少下來都只好活下去。」金庸讚賞他將原文中的 so we refuse 化作「偏偏不肯認命」，說董橋的譯文如影隨形，十分高妙。

董橋執掌《明報月刊》六年後，應林語堂之女林太乙邀請，赴《讀者文摘》任中文版總編。一九八六年十月離開《明報月刊》前，董橋在二十一卷十期發表了《「八十」自述》一文：「當年，查先生給我的聘書上提醒我必須『遵照《明報》一貫中立、客觀、尊重事實、公正評論之方針執行編輯工作，在政治上不偏不倚，在文化上愛護中華民族之傳統，在學術上維持容納各家學說之寬容精神』。……我雖然無權判斷自己是不是做到了查先生給我的提示，我卻一直沒有輕心淡忘那幾句話的重量和真諦。政治要有用世的寄托；文化要有高潔的靈機；學術思想蘊蓄的應該是人情所繫的關愛。一本綜合性的思想、文化、生活雜誌有這樣一股毫不凝滯的氣質，也許足以在時代思維地大道上留下一星半點的腳印了。」①「八十」是指他主編了八十期的《明報月刊》。

一九八八年，金庸再次伸出橄欖枝將董橋招回，全面接手《明報》。到一九九五年，董橋又做了七年多《明報》總編輯。「我在《明報》的時候因為查先生在，他是馬首之瞻他說了算。我們可以學到很多東西，大家就看着一個報紙的主管，他每天寫社評，本身就已經是知識份子了，所以這個報紙不用偽裝也是一份知識份子報紙。查先生不在後，我也離開了，我就不再介入一個所謂知識份子報紙的東西，我覺得查先生不在了就沒什麼意思了。《明報》是查先生一手創辦的文人報紙，是很正統的一個知識份子報紙，可以說我是搭最後一班車，在我之後就沒有像我那麼大的運氣，會跟查先生這樣的人，跟他學，跟他做，這個是比較難得的經驗。」董橋還說過：「辦報紙要永遠有危機感，有如履薄冰的感覺。查先生金庸就有這種感覺。」

文人身份之外，辦報其實才是董橋的主業。《明月》副刊的三個新專欄，體現出董橋掌帥後《明

① 傅國湧《金庸傳》，北京十月文藝出版社，二〇〇三，第二三六頁。

報月刊》編輯方針的不變和編輯風格的變化。

《大講堂》承繼的是二十世紀早期梁啟超的《新民叢報》，以及其後的《新青年》、《語絲》、《新月》、《創造》、《小說月報》的遺風，秉持獨立自由的人文精神傳統，以期成為海內外學者發佈重要學術研究心得的主要平台。在金庸的倡導下，就國家、歷史、民族與當時的社會重要問題，以訪談、演講甚至問答的形式，請文、史、哲、音樂、電影等領域有巨大影響力的學者分題作答。那些被遮蔽掉了的大師的聲音，讓它們重新顫動起來，其要旨，乃思想獨立是最高的真理。在此意義上，諸多文化界、思想界名人為表述學術、思想自由而發出的多元化「聲音」，彌足珍貴。

《出入山河》則是《明報月刊》的專欄作者如饒宗頤、李歐梵、林海音等名家的國內外散文遊記，其文字栩栩如生，優美有趣，曲徑通幽，不乏哲理。且不論恢宏的山川沙漠令人胸懷開闊、新麗瑰異的域外風光使人耳目一新，就是最為普通常見的京城胡同、江南小鎮，也同樣散發出聞所未聞的清幽之香，別有味道。

另外，《茶酒共和國》談酒說茶，不能不說人，尤其是愛酒茗茶的人，酒中知己，壺裡春秋。此專欄刊登的是名人大師們關於茶飲養生和酒裡人生的美文精華。

「金庸最信奉一句格言：『事實是神聖的，評論是自由的。』在相當長的時期內，他辦的《明報》恪守了客觀、獨立和公正的原則，也就是追求新聞自由的理想。」①董橋這樣描述自己與金庸結交後的幸運。

二〇一二年八月，董橋接受上海紀實頻道的系列紀錄片《大師》的訪談，再次表達了他與金庸與《明月》的那份依戀之情。他說：「到《明報月刊》跟查先生做了很久，大概有十幾年，當然學到很多東西，因為查先生是非常聰明、非常重要的一個作家，我可以跟在他身邊，對於我來說是一種榮幸，有機會跟他學做人，學做文章，都是很好的。他也不會教你什麼，總之是潛移默化，你天天跟他來往，天天看他上班、下班，跟他一起，你慢慢就知道查先生這個人怎麼會寫出那麼多書，武俠小說、社評會寫那麼好啊，慢慢你就會摸到一些東西。」

董橋刻過一枚「董橋依戀舊時月色」的閑章，想是從鍛句煉字中感覺到舊時的美好，舊時的美好當然包括了金庸和他的《明報》。《舊時月色》是由別人編的董橋散文集，多是董橋在《明報》所寫的專欄作品匯集。散文清麗嫻雅，或點或染，着墨成情。多年後，依然在董橋心中揮之不去的，是《明月》的印記。董橋自喻「明月戀人」：「我真正覺得我的東西人家會重視，就是在做《明報月刊》期間，我開始覺得可以寫得好，之前我不會感覺到我自己會走這條路。那時我的文章，

① 騰訊《董橋：他們那一代人的風采》，《大師訪談錄》，二〇一二年第八十期。

我不用簽名，人家也知道是董橋寫的。」①

董橋在《舊時月色》裡提到他老板金庸只有三回。最後一頁有人問金庸怎樣回頭看自己的作品，查先生說「找到不少錯字」。有一節是寫宋淇對金庸《鹿鼎記》作了一些評論，金庸只露了半臉，也沒有什麼話。還有一節是寫饒宗頤給《明報月刊》題了一副對聯，查先生在《社評》裡寫了評論。董橋是《明報月刊》的主編，卻沒有吹捧老板查先生，着實可敬。

（三）

後來，董橋被《蘋果日報》以三百萬元的高薪挖走，但也只是被當作花瓶擺設而已，畢竟他已七十多歲了。

從一九九九年五月起，董橋在香港《蘋果日報》開設「時事小景」專欄，每日一文，每周五篇，淡墨白描，順手裝點，揮灑自如。香港中文大學出版社於二〇〇〇年出版了他的《沒有童謠的年代》，收錄的是這兩年裡董橋「時事小景」專欄中發表的文章，包括《沒有童謠的年代》、《人民的尋夢園》、《記者是吟游詩人》、《心中石榴又紅了》、《保住那一發青山》、《你不一定要愛英文》等百

① 王紹培、王昉《董橋：「我是一個很自負的人」》，《出版日報》，二〇一二年三月十二日。

餘篇散文。從文字裡，可以看到中國文人的傳統影子，比如林語堂，周作人，上推去，明人的小品，再往上，《世說新語》，一篇篇短文中往往讓人很動情。看他寫的張愛玲，在那段引自《五四遺事》的文字中，可讀出這上海女子的才情和刻薄來。正如劉紹銘所說，讀董橋的散文要讀出味道，「中西文化得有點底子還不夠，你還要像他一樣對文字迷戀得『喪心病狂』」。

一九九九年十二月二日，董橋在《蘋果日報》發表《我們頭上沒有光環》一文：「我追隨查先生做雜誌、做報紙那麼多年，期間當然也經歷過很多很多風風雨雨，我看到他真的做不到『八風不動』的佛家教導。可是，他對每一場風雨的反應，確實讓我得到好多啟示。『有容乃大，無欲則剛』雖然是他辦報的格言。我始終覺得那只是他最願意與報館同仁共勉的理念；我在查先生學到的最實際的東西，是他對新聞寫作與評論的技巧，以及他對編採人員的專業的尊重與寬容。」

作為金庸的下屬、同事、文字之交，他對金庸的了解遠超過一般人，他寫過一篇《為天龍八部所見》，以特有的「董橋體」寫出了他眼中的金庸：「這是金庸十四部小說的神髓：每一部小說裡無處沒有金庸；每一部小說裡處處不見金庸。……金庸和查先生是矛盾的傑出人物，他在困厄的環境中培養出堅毅地反叛精神，他在芬芳的書香裡享受才士的大名盛舉，他在財富的殿堂上樂於親近淺俗的歡笑，他在情感的風雨下不辭暴戾脆弱的心靈。千萬讀者從他的小說政論中傳燃俠義的薪火，他卻始終沒有濫用他的俠骨丹心。千萬讀者從他的小說政論中培養至情至性的氣魄，他卻始終保持冷靜淡遠的氣度。金庸的旅程是心路的旅程，不是軀體的旅程；他的文字勝過他的口才。」「我追隨查先生做雜誌、做報紙那麼多年，期間當然也經歷過很多很多風風雨雨，我看到他真的做不到『八風不動』的佛家教導。可是他對每一場風雨的反應，確實讓我得到好多啟示。」①

金庸當年在《明報》天天寫社評議論世局國事，有口皆碑。董橋說：「查先生是小說家，寫政論往往穿插一些說部的筆觸：添一些對白，描幾幅景象，說兩句自己，行文裡頓時多了三分情趣。……金庸精於論世，在報刊上撰寫政論，歷時三十餘年，最大的特色是『喜作預測』，常常公開對未來事情的發展提出明確而肯定的判斷。『我作的許多大膽推斷，後來事實大都應驗了，並沒有重大失誤。這不是我眼光好，只是運氣不錯。』金庸說。這些大事包括林彪倒台、鄧小平復出、香港回歸等。」

金庸判斷政情為什麼那麼準？董橋說得更到位：「利己之心的確是人類秉賦之自然也。查先生私底下總愛說，人是自私的，推測個人或政府的用心和行動，必須推己及人，先從其自私的角度衡量其得失，然後判斷其下一步之舉措，一定不會離題太遠。這就是洞察世事人心。」

董橋說：「金庸先生的武俠小說那麼成功，就是因為他有商業頭腦，查先生是一個非常精明

① 轉引自傅國湧《金庸傳》，北京十月文藝出版社，二〇〇三，第四〇四至四〇五頁。

的商人，也是一個非常了不起的文人，這種結合，我看跟他的成功有很大關係，如果他一味地做文人要做的事情，或者看文人要看的東西，只限制在一個文人的小圈子裡面，他就不會變成現在的金庸了。」對金庸的學識、著作，董橋亦時作佳評。他說：「金庸於『文』能『化』，具見他的小說。金庸於『史』能『化』，具見他的《明報》社論。他對當世中外情勢的把握、預測，令人驚嘆。」「金庸先生的成就不是奇跡，是他的用功他的博學和他的毅力的成績。我跟隨他做事十數年，領受他的教導也目睹他的行止，在時局風湧雲起的時刻，他的政論始終抱持知識人的良知和傳媒人的天職，不亢不卑，字字入骨。金庸先生一生讀書，晚年還去英國讀博士，那是他的抱負他的心願。其實，金庸坐在那裡不說一句話依然是金庸，不必任何光環的護持。」

他進一步闡釋：「一個作家最失敗的地方，往往是他沒有商業頭腦，他沒有社會的觸覺，那他就很難在作品裡有通透的東西。你被逼着做商業的決定，你要注意報紙的銷路，你要關心讀者的成份，你要想新聞這樣處理的話讀者會怎樣反應，你要留意這個新聞可以賣那個不能賣。你天天在這個環境裡處理東西，那你不是就多了很多在書房裡完全學不到的東西了嗎？你看英國詩人艾略特，他也要編雜誌，要面對市場；伍爾芙嫁給一個開出版社的人，也要管這些東西。這樣的例子很多。我覺得做報紙的好處，是你接觸外界的東西太多了，隨時有最新的消息，你跟人、跟生活、跟世界的關係因此非常緊密，天天如此，你就會把一個人的心靈從一個虛無縹渺的境界裡拉到腳踏實地的花園裡來。」這一點，他跟金庸相似，寫文章精彩，做生意精明，都是商業化的報紙總編輯。

對金庸的文字，董橋更是向來佩服，他在《聲音與憤怒》一文中說，金庸在一九八一年的一篇社評中對英國前貿易大臣的一句話「譯得很傳神」①。一九九九年八月二十八日，他在《香港的兩枝健筆》一文中誠摯地說：「我未必同意查先生的一些保守觀點，可是，他的每一篇文章我都細讀，讀的是那毫不保守的文字和氣勢。跟隨查先生十幾年，我從他的原稿中注意到字斟句酌而不留斧痕的功力。」「他的文章好看，他會懂得怎麼安排會好看，所以武俠那麼多人看，一代一代流傳下去。他的文字不是很講究的，他講究他製造出來的氣氛，製造出來的情節，讓你去追，這是他了不起的地方。」②

但董橋就是董橋，即使對亦師亦友的金庸，在關鍵時刻，他也能堅持原則，毫不含糊，如一九九九年十二月發表的《金庸在杭州的談話》，儘管他的批評是那麼婉轉、那麼含蓄、那麼有節制、有禮貌，是非卻是分明的。

金庸說：「董橋在《蘋果日報》，我跟《蘋果日報》這些人都不往來。他年紀大了，興趣在

① 董橋《文字是肉做的》，文匯出版社，二〇〇五，第一四二頁。
② 董橋《沒有童謠的年代》，文化藝術出版社，二〇〇一，第一五三頁。

古董字畫上面了。」

二〇一四年春，在西泠印社中外名人手跡專場中，金庸致董橋的一封親筆信手跡以五萬五千元的高價被拍走。該手跡信箋長二七．五厘米、寬二一厘米。信箋的抬頭是「明報有限公司」及附帶的公司標誌及翻譯英文。信箋中的內容值得玩味，與金庸辦報相關。信箋中有三處識文，第一處識文為「董橋兄：月刊作者唐文標先生自台赴美過境，一二天內即離港，我已見過他。他想和你一晤，請洽。電話H-730363。又：有兩篇文章的稿費尚未給他，請問他詳情況，查明，以新標準補奉。弟查。」

金庸在這封信中提到了兩個人，第一個是董橋，第二個是唐文標。唐文標是廣東人，是文學評論家，最著名的就是一九七三年的「唐文標事件」，當時他在台灣陸續發表《什麼時候什麼地方什麼人——論傳統詩與現代詩》、《詩的沒落——台港新詩的歷史批判》、《僵化的現代詩》三篇文章，強調文學對社會的功能，批判余光中、周夢蝶、葉珊對現實的逃避，這三篇文章使得台灣詩壇激起千層浪，直至二十世紀八十年代，唐文標幾乎成為台灣最首要的文化批判者。

這封金庸寫給董橋的信箋，應寫於董橋任職《明報月刊》總編時期，內容是關於與唐文標會面及支付其稿費之事，信箋左部的英文應是唐文標在美國加州舊金山居所的地址。董橋接手《明報月刊》後，請余英時來寫文章。二十世紀八十年代初，中英兩國就香港前途作談判之際，兩人信件來往頻繁，探討文稿之餘，余英時常惦記着香港的近況，讓董橋告之。

二〇一〇年時，有朋友問董橋：「金庸年齡跟你也差不多，他現在退休了就讀博士，到處拿學位……你怎麼看？」他回答：「哎呀，這是他自己的一個心魔吧。他總是覺得自己的武俠小說不夠高貴，不夠學術，他要去劍橋牛津去學術一下。其實他大可不必啦！我以前就整天跟他說，查先生你就坐在那邊吧，你都已經是金庸了，你還怎麼着，你還求什麼。他總是耿耿於懷，覺得武俠小說人家看不起，覺得武俠小說不是文學，那簡直是開玩笑。」

二〇一四年四月二十七日，香港《蘋果日報》社長董橋宣佈退休，他在《蘋果日報》上開設的專欄「蘋果樹下」也隨之終稿。董橋的封筆之作名為《珍重》，這個英語無法確切翻譯的詞語有着太多含義，文末尾一句「曾經牽念也是福份，此去山青水綠，珍重千萬」，說得輕輕淺淺卻意味深長。

過了一年，是董橋的七十大壽，生日在新年元月。香港牛津出版社、海豚出版社、廣西師大出版社三家聯合重印他的舊作，所集文章是從董橋三十三本單行本中精選七十篇而成，有《記憶的腳注》、《白描》、《絕色》、《今朝風日好》和《字裡相逢》等。文人氣十足地一路看，一路寫，各家融在一起，化在墨裡，便成自家氣象，澤古功深。文字是董橋一生賞玩之事，玩之彌深，便是字字珠璣，行行繡錦。也不知那一水深秀的墨跡雋永了幾多朵雲軒浮水印的花箋，散發出舊時月色的清氣。

《明報》最年輕的「秀才」
——消息發佈人潘耀明

十多年前，早年做過金庸秘書八年的作家莫圜莊（筆名圜圜），從加拿大返港，某日到《明報》找潘耀明。兩人在會客室打對面而坐，聊了片刻，她倏地對潘耀明說：「我怎麼越看越覺得你的樣子像金庸。」臨走，她又很認真地重覆了一遍這話。

晚年金庸的活動，消息往往最先由潘耀明發佈，因而內地傳媒把他冠以「金庸的秘書」、「金庸的代言人」的名銜。對此，潘耀明不敢掠美。他發表過無數聲明、澄清啟事，甚至對每一位來訪者和電話訪問的傳媒記者一再表白：「我既不是『金庸的秘書』，也不是『金庸的代言』，金庸是我的前輩，我頂多可以說是『金庸的小字輩朋友』。」

作為明報的文化品牌象徵——《明報月刊》，廣受知識階層的推崇。《明報月刊》屹立香江五十一年，一半時間由潘耀明掌舵，成為海內外華人作家、學者發表作品的重要陣地。金庸稱：「潘耀明是《明報》最年輕的秀才。」

（二）

一九九一年，《明報》總編輯董橋有一天突然給潘耀明打電話：「查先生要見你。」潘耀明有點意外，也有點興奮。在此之前，他給《明報》副刊寫了一個「每天」的專欄，與金庸大都是在文化聚會上遇見，只是點頭之交而已。

潘耀明誠惶誠恐地跑到當年北角明報大廈查先生的辦公室，金庸與董橋已坐在那裡。寒暄過後，金庸讓他坐下稍候片刻，他則移步到辦公桌去伏案寫東西。時間一秒一秒地過去，空氣靜寂得像凝結了。為了打破這悶局，潘耀明偶爾與董橋閑聊幾句，都是不着邊際的話題。

大約過了半個鐘點，金庸從書桌起身走來，親自遞了一份剛謄寫好、墨香撲鼻的聘書給潘耀明，請他負責《明報月刊》，而且給了潘耀明在出版界少有的高待遇。潘耀明意外受聘，頗感驚奇，十分感動，還沒有提前三個月向香港三聯書店辭職，就答應了金庸。金庸手寫的那份聘書，潘耀明專門拓了影印本，保存至今。①

《明報月刊》由金庸創刊並主編，後來歷任的胡菊人、董橋等七八位主編，都是赫赫名流。在他們的前後經營下，這份雜誌已經建立了相當高的學術水平和文化品位。作為著名報人，金庸

① 胡曉《潘耀明蓉城澄清誤會》，《華西都市報》，二〇一〇年四月十四日。

能毫不猶豫地將自己心血澆灌的名牌雜誌托付給潘耀明，想來他的專業學習訓練和在出版業界的優異表現，他廣闊的國際視野和豐富的人脈資源，都是為金庸看中的原因。

潘耀明，福建南安人。兒時，潘耀明就憧憬着外面的世界，父親滿足了他看世界的願望。二十世紀五十年代後期，下南洋到菲律賓的父親把妻子和兒子從福建南安貧瘠的山村，申請到了大都市香港。那年，潘耀明十歲。

在摩天大樓肩摩踵接的香港，潘耀明與母親住在一間連一扇窗也沒有的中間房裡，房中只能放一個衣櫃和一張雙層床。他住上鋪，書桌是一塊架在床沿兩頭的木板，只能盤腳坐在床上讀寫，累了也不能站起來，站起來就會碰上天花板。他一邊完成小學課程，一邊到公立圖書館借閱文學著作。十八歲中學畢業後，潘耀明到《正午報》工作，從見習校對、校對、見習記者、記者、助理編輯、編輯一路做起。

曹聚仁當時正為《正午報》寫專欄，戲稱「一天趕三場」：一個是跑馬場，他喜歡賭馬；一個是菜市場，他喜歡做菜；一個是舞場，他喜歡跳舞。潘耀明記得，曹聚仁的住所到處都是書，洗手間、廚房、床底下也是書。某次談話中，曹聚仁勉勵後輩：從年輕開始樹立自己的文學志向，確定一二個長遠的研究課題，將來肯定會成為這方面的專家。這番話對潘耀明影響深遠，他決心致力於中國作家的訪問和研究。

離開《正午報》後，潘耀明編輯過兩份雜誌：《風光畫報》和《海洋文藝》。《風光畫報》使潘耀明足跡遍及大江南北，寫下了大量遊記。《海洋文藝》則為潘耀明研究中國作家提供了方便，曾多次回內地採訪，幸晤了錢鍾書、巴金、沈從文、俞平伯等當代著名作家。他陸續撰寫訪問記，向海外報道。在此基礎上，他結集出版了五十萬字的文學評論集《中國當代作家風貌》。

一九八三年秋天，潘耀明應邀參加美國愛荷華國際寫作計劃。那一屆的寫作計劃人選中，台灣請了陳映真、七等生，大陸請了吳祖光、茹志鵑和王安憶，大家相處融洽。潘耀明待了三個月，大受觸動——他的人生不是那麼順利，只念了中學，畢業就出來做事，後來念函授課程，不順利的人生在愛荷華終於擁有最重要的拐點：寫作計劃結束後，潘耀明留在愛荷華大學念英語，考了托福，後由聶華苓推薦到紐約大學攻讀出版雜誌學，第一年是試讀生，一九八五年拿到碩士學位後回到香港，後擔任香港三聯書店的副總編輯兼董事。至今，他在中國大陸、香港、台灣出版了二十多本著作，並多次獲獎。在他的創作中，豐富的寫作題材，緊扣着他的生命律動和人生足跡；散文、隨筆、記游、海內外作家作品研究，涉獵廣泛文類駁雜的體裁，體現了他作為編輯家和出版家的職業特點。可以說，是編輯工作推動了他的研究和寫作，反過來，也奠定了他從事編輯出版業的豐富過硬的人脈資源。

作為作家，他多以筆名「彥火」名之；作為編輯家和出版家，他則以本名「潘耀明」面眾。

（二）

潘耀明的辦公室向海，藏書多，字畫多，名家手札多，但一見難忘的還是金庸的題字：「看破，放下，自在。人我心，得失心，毀譽心，寵辱心，皆似過眼雲烟，輕輕放下可也。」①

第一天上班，潘耀明向金庸報到，希望他就辦《明報月刊》作一點指示。令潘耀明感到意外的是，金庸說話不多，依稀記得，他只淡淡地說了一句：「你瞧着辦吧！」當潘耀明向他徵詢，除了之前他在《明報月刊．發刊詞》揭示的「獨立、自由、寬容」辦刊精神外，他在商業社會辦一份虧蝕的文化性雜誌有什麼其他特殊原因嗎？他回答得簡潔：「我是想替明報集團穿上一件名牌西裝。」因為當時《明報月刊》虧本，作為文化雜誌，沒有廣告，稿費也很低。一九六六年金庸創辦《明報月刊》，是因為當時他覺得傳統文化要被徹底摧毀了，所以有必要辦一份文化月刊，保存文化薪火。

① 李懷宇《潘耀明點評香港文化生態》，《時代周報》，二〇一一年八月十一日。

換言之，辦《明報》是為了賺錢，《明報月刊》是文化雜誌，提升了明報集團的文化地位。金庸有一套理念，比如《明報》從來都不是全香港銷量最大的，過去是第三，到現在還是第三；《明報》的讀者是受過高等教育的專業人士，是優質讀者，廣告效力相對大。後來，金庸在另一個場合對潘耀明說，《明報》當初上市的股票，實質資產只有一幢北角明報大廈，每股港幣一角，上市後第一天的股值躍升了二元九角。換言之，有二元八角是文化品牌的價值。他說，文化品牌是無形財產，往往比有形資產的價值還要大。

潘耀明接手《明月》時，正是雜誌最困難的時候。社會變化的大背景，新興讀者群口味的變幻，都對這個老牌的雜誌造成衝擊。「金庸先生委任我當總編輯的同時，還交給我一個總經理的位置，這也是一種雙重期許。」過去胡菊人、董橋只當《明報月刊》的總編輯，都沒有兼任總經理一職，他悟出意思來了：除了辦雜誌，還要對它的銷量負責。

潘耀明覺得，雜誌初創刊，肯定要有名家的稿子，才能將品牌打出來，到一定時候，就不一定要用名家了，自己可以培養名家。《明報月刊》可以「我有你沒有」，才能突出風格，人家才對這份雜誌感興趣。雜誌的個性化是很重要的。一九九一年接手時，《明報月刊》只有一個封底是手錶廣告，稿費也非常低，一千字一百塊。潘耀明跟金庸講：「我們不如還是登廣告，將稿費提升一下。」稿費逐漸提高到一千字三百塊。多年以後，《明月》一直保持水準，而且廣告量時有上升，殊為不易。

從金庸創辦開始，以至潘耀明一路用心經營的《明報月刊》，潘耀明謙稱她是「文化小屋」；海內外的作者和讀者，則盛譽其五十年來的卓越成就和廣遠影響，而可稱為文化大樓。它以傳播知識、思想、文化為責任，力求不黨不私，發揚「自由之精神，獨立之思想」，其文章應符合唐代白居易主張的「文章合為時而著，歌詩合為事而作」原則。潘耀明的卷首語守護、闡明月刊的宗旨，其內容配合月刊內容、緊貼時代，是大樓觀景的窗戶，是刊物明亮的眼睛。一篇篇卷首語獨立來讀，辭理兼勝，堪稱明雋的小品。其文章「為時而著」，如果二十多年串連起來閱讀，則可看作一位文化人對時代感應的記錄。潘耀明這樣的書寫，無形中更為文化刊物的的卷首語提供了範例。

在潘耀明任下，《明月》銷量大為攀升，這當然歸功於他的市場眼光，他自稱是當年留學美國，發現人家的出版管理和編輯思想很是靈活機動，也學了一些招數。

金庸每次的約晤，大都安排在黃昏時段。他往往先讓秘書打電話來，表示潘耀明如得空，讓他過去聊聊。從柴灣的明報大廈到金庸辦公室所在的北角，也不過是十分鐘的車程。金庸的辦公室，像一個偌大的書房，估量也有近二百平方，兩邊是從牆腳到天花、排列整齊的一行行書櫃；其餘的盡是大幅的落地玻璃。從玻璃幕牆透視，一色的海天景觀，可以俯覽維多利亞港和偶爾劃過的點點羽白色的帆船和渡輪。

那當兒，金庸和潘耀明各握一杯酒，晃蕩着杯內金色的液體，酒氣氤氳。彼時彼刻，兩人拿目光眺望玻璃幕牆外呈半弧形的一百八十度海景，只見蔚藍的海水在一抹斜陽下，浮泛着一條條蛇形的金光，澌澌粼粼地向他們奔來……心中充盈陽光和憧憬。兩人在馥郁酒香中不經意地進入話題。在喝下一大杯後，金庸操他的海寧普通話，潘耀明講他的閩南國語，南腔北調混在一起，彼此竟然溝通無間，一旦話題敞開，天南地北，逸興遄飛。[1]

金庸先講了一個故事：一位將軍在家中拿出他所收藏的珍寶古玩來，欣賞把玩，一不小心，差一點把一隻玉杯打碎。幸虧他手快，抓住了滑下的杯子，但已經滿頭大汗了。待他定下心來，他想：「我率領千軍萬馬，出死入生，從來沒有害怕過，為什麼今天一只小小的杯子就讓我驚嚇成這個樣子了？」他由此悟出，有了愛憎之心，有了貪戀之心，才讓他如此驚怖，如此失常。於是，他把那隻玉杯打碎了。

① 衛毅、呂品《金庸的被動人生》，《南方人物週刊》，二〇一八年第三十四期。

金庸說：「這故事，告訴了我們，人，應該『放下』什麼。可是生活中，許多煩惱，許多執著，許多不開心，有幾個肯放下，有幾個能放下？人總會遇到難堪的處境，最怕的是對自己產生了懷疑、鬱結，不肯放下，就留在心上。留在心上，又承受不了內心的壓力，那就麻煩多多了。人的內心世界真奇妙。有時候難以理喻，有時候又無法用『情』字來概括。」接着，他寫了一幅字送給潘耀明。

一九九三年，《明月》曾做過一個特輯，當時中英關係不協調，為了探討中英政治和香港的前景，在金庸的主導下，潘耀明請了彭定康，也請了新華社分社副社長張浚生為《明月》撰稿，發表他們的見解。這樣，讀者看到，兩方雖然見解不同，但他們都不希望將香港引向一個危險的邊緣。這個特輯大家都覺得很有價值。

潘耀明主編《明月》，刊登關於中國傳統戲劇的文章是不少的，這大概跟金庸本人的愛好也有些關係。《金庸散文集》裡面，開篇就是「看戲」，七篇文章，《姚期》、《除三害》、《空城計》……聽得有板有眼。

二〇〇六年九月，潘耀明主編「明月四十年精品文叢」，他在這套文叢的後記裡面說：「從一九九八年起，我第二度接任編務。胡菊人歷時達十二年；其次是董橋，也有七年；我在前一時期做了四年，後也八年了，合共十二年，與胡菊人一樣。《明月》最初十多年是黃金時期，銷路很好，她的創刊號還要再版哩。但正如查良鏞先生所說『前十年是相當艱苦』，一面傾盡心血與汗水，一面還要遭受攻擊與炸彈。我不過是一個接棒者，以個人的知識水平來編這一本譽滿海內外的雜誌，自問力有不逮，對尺度的拿捏甚至具體編務，難免有不周全的地方，期間又經歷了金融風暴和香港經濟衰退時期，讀者閱讀心態十分飄忽，香港雜誌銷路日漸萎縮，甚至個別名牌雜誌也在這場狂飆中沒頂了。《明月》還能夠維持下去，訂戶不跌反增近一倍半，銷路在穩定中發展，這可以說是一個異數。」「金庸在武俠小說中長袖善舞，寫盡了中國傳統文化的魅力，原來底子都在這裡。一本散文集中，看戲、聽歌、品舞、賞畫、翻書，雖也偶涉西學，骨子裡卻是中國傳統文人的路數。以這樣的背景創辦《明月》，難怪成了『文化中國』的代表。」

作為著名報人，金庸能毫不猶豫地將自己心血澆灌的名牌雜誌托付給潘耀明，想來他的專業學習訓練和在出版業界的優異表現，他廣闊的國際視野和豐富的人脈資源，都是為金庸看中的原因。金庸是《明報月刊》的第一任總編輯，潘耀明認為查先生是一個認真、智慧、淵博、有大家風範的人。

當有人說金庸寫小說發了大財時，潘耀明立即予以否定：「金庸先生的確不是靠武俠小說起家的，他真正起家靠的是《明報》。他辦報是很賺錢的，每年的利潤就有兩億多港幣，而他小說的版稅，台灣和香港的全加在一起，每年大約只有一千萬。所以，我說，金庸是從《明報》得到經濟效益，從武俠小說得到名聲。」「金庸先生的辦報理念就是『有容乃大』，《明報》不會偏重一家之言，無論什麼新聞，我們都會盡量採訪各方意見和聲音。金庸先生把《明報》的讀者群定位為受過良好教育的中產階級，事實證明，這是非常正確而有遠見的。《明報》能一直保持良好的發展，與金庸先生倡導的『傳媒要真實、有見解，文章要短小、生動、有趣』是分不開的，人說《明報》有『三寶』：社論、副刊和中國問題，這些都是金庸先生費心血最多的部分，常常都是他親自主筆。當然，金庸先生的報業經營頭腦也是十分令人佩服的。一九六六年，文化類雜誌《明報月刊》創刊，他說，《明報月刊》要穿『名牌西裝』。也就是說，這本雜誌要打品牌；他也看到文化類雜誌是不賺錢的，為了養自己很喜愛的《明報月刊》，他又於一九六八年創辦了娛樂雜誌《明報周刊》，這份周刊是很賺錢的，明報每年利潤兩億多港幣，有一半是這份周刊賺的。」

潘耀明說：「查良鏞先生雖然出售了《明報》企業，但他一直關注《明月》的成長，他所撰述的文章，絕大部分優先給《明月》披載，他希望《明月》越辦越精彩，並相信一個『群星燦爛月華明』新局面的可期。」

（三）

一九九五年三月二十一日早上，香港下了暴雨。剛辭去《明報月刊》主編的潘耀明心煩意亂地開着車，烏黑的天空壓下來，令人喘不過氣來。前一天晚上，他接到查太太的電話，說查先生要做個心臟搭橋手術。

潘耀明在養和醫院的走廊裡焦急地等待了八個小時。手術不太成功，瘀血進入腦部，金庸甚至一度喪失了語言能力。「講不出話來，對他打擊蠻大的。後來他們通過找的三個香港最有名的腦科專家會診，清理了瘀血，但元氣大傷。」潘耀明回憶。[1]

他擔心，金庸此前的一系列計劃無法再實施了。這一年，金庸七十一歲，全部武俠小說的修訂已完成二十年之久，他沒有再寫的意願；《明報》賣出去了，全部職務都辭掉了，儘管接班人不那麼盡如人意。他該向前看，做些一直以來自己真正想做的事情。

那時，金庸賣了《明報》，曾想過另起爐灶，做一番文化事業。首先他想辦一份類似歷史文化的雜誌，他準備寫長篇歷史小說，並在這份新雜誌連載。於是他找潘耀明過檔到他自己經營的明河出版社集團有限公司，為他策劃新文化雜誌和管理出版社。須知明報集團臥虎藏龍，人才濟濟，

① 荊欣雨《金庸的一生有哪些遺憾》，《人物》，二〇一八年第十二期。

金庸單挑了潘耀明，令他受寵若驚。意外進手術室半年前，金庸讓秘書給潘耀明打電話，叫他來位於香港北角的辦公室聊天。每一次聊天，金庸運籌帷幄，興緻很高，他從一個隱蔽的酒櫃取出瓶威士忌來，親自給潘耀明斟酒。伴着威士忌和窗外港口的海風，金庸構建了新藍圖。

兩個人都很興奮。潘耀明願意繼續追隨金庸，不止是因為一簽五年的合同和更加優厚的待遇，還因為他相信金庸的創作要邁向一個新的階段，「他對明清史和隋唐史都了解頗多。你看他的小說很有歷史感，《書劍恩仇錄》是歷史的大架構，就在清朝麼，《鹿鼎記》也是。而且我覺得他的文字是很純粹的，繼承明清文風，可讀性很高。」

不料，金庸動了心臟大手術，後來就寫不出歷史小說了。不久，潘耀明回到了換了老板的《明報》，再次主編《明報月刊》，並擔任明報出版社和明窗出版社總編輯及總經理。

明報出版社虧損嚴重，潘耀明有壓力。因為明報集團已經是上市公司了，股東就要看雜誌有沒有賺錢，倒不是看雜誌有什麼好文章，這跟以前金庸在的時候不一樣了。「未曾嘗試不輕言敗」，這是潘耀明一向做人和做事堅持的座右銘。他使出渾身解數，既滿足股東們的「向錢看」的要求，又不能放棄自己和金庸的文化理想。為此，他特別成立了明文出版社，推出「培養作者計劃」和「成就學者出版計劃」，幫助作者自費出版，既可以降低投資風險，也可發掘新進作者、幫助年輕學者圓出版夢，並能利用《明報》的優勢宣傳推廣。

一九九六年四月，潘耀明陪金庸到日本簽合約。德間出版社的老板德間康快（他最早曾通過于品海洽談購買《明報》），擁有包括電影、出版、報紙的綜合大企業，他們決定斥巨資出版《金庸全集》，組織了日本一批漢學家翻譯，準備花五年時間出齊，第一階段先出精裝文庫版，再出平裝。兩年後第一部《書劍恩仇錄》日文文庫版出版後，很快便告售罄再版。

潘耀明有一個朋友，在巴黎開一個大書店，潘耀明向他推薦了金庸小說，可他不曉得金庸的書在法國是否銷得了，就向法國教育部申請一筆錢翻譯金庸的武俠小說。這位朋友通過申請到的一筆翻譯金翻譯了《射鵰英雄傳》，潘耀明向金庸介紹了這位朋友，金庸對他很好，只象徵性地收他一塊錢的版權費。這本書後來得了獎。於是，潘耀明牽頭一個法國出版社，將金庸的全部作品都翻譯成法文，並在法國出版了。[1]「此前金庸作品被翻譯成西方文字，都只是節選，這次是內容最全、規模最大的一次翻譯工程。這位翻譯家還為此成立了一個『金庸翻譯工作室』。在歐洲，法國人最喜歡金庸的作品，很多讀者將金庸比作『東方的大仲馬』。」潘耀明說。

在他的努力下，明報出版社終於扭虧為盈，如今，從出版物的品質和社會影響看，這家出版社，

① 王嘉《金庸全部作品將在法國出版》，《成都日報》，二〇一一年十一月十日。

以及他主編的《明報月刊》，不但是香港，也堪稱是整個華文世界出版業界的翹楚。

潘耀明對金庸小說推崇備至，當有學者將金庸作品列入「四大俗」時，他發表長文稱「金庸是根深葉茂的大樹，是扳不倒的」。「金庸的武俠小說之所以廣受歡迎，重要的一點是故事情節好，扣人心弦，讀之令人廢寢忘食。亦舒有一段話可以作為註腳：金庸小說裡充滿流行因素，通篇都是俊男美女淒迷的愛情故事，出人意表的詭秘奇突的情節，書中好人壞人與怪人都性格分明，惹人注目。又不斷加插稀奇古怪的學武過程，刺激讀者觀感，看他的小說，情緒沒有片刻靜止，完全被文字操縱，腦海一幕幕盡是五彩繽紛的畫面，鮮明的描述加讀者想像力，比看電影還要精彩，看得入迷。」①

後來，他在內地接受記者專訪時說：「有道是『逢山必有派，逢水必有幫』，金庸的武俠小說除了引人入勝的故事情節，筆下還大量地描寫了塞內塞外風情、名山大川、古寺名剎，所以，我說閱讀金庸先生的武俠小說，形同做了一次紙上風光的旅遊。他小說中寫到的許多景點，以前都名不見經傳，可是因為他的小說，這些年都『走紅』了，比如浙江的桃花島、天山的靈鷲宮、大連蛇島、黃河源頭的星宿海、雲南大理等。」「金庸小說的最大魅力在於他將中國的白話文典

① 彥火《扳不倒的金庸》，《收穫》，二〇〇〇年第一期。

雅化了，他已經將中國傳統的白話小說、筆記文學提升到一個全新的境界，他的小說中的許多段落只要單獨抽出來，都可以成為一篇優美的散文。」在他眼中，金庸首先「是一個具有多方面才能的人。一個文人辦報，繼而成為大亨，這是古往今來都沒有過的，他具有多重身份：一個成功的報人、作家和企業家。同時，他又是一個知識相當淵博的文化人，他很重感情，對於中國傳統的儒學、佛學甚至琴棋書畫，都有相當精深的造詣。金庸的成功，除了天分之外，勤奮也是很重要的，我們以前經常在一塊出差，在機場候機時，他從來不會乾等，總是到處找書店去看書，你們沒有見過金庸的辦公室，那才是真正的坐擁書城」。

二〇〇四年，潘耀明籌劃了金庸的福建泉州之行，引發各界關注，轟動一時。潘耀明之所以力勸金庸訪問泉州，不僅僅因為泉州是自己的故鄉，更因為家鄉文化底蘊深厚，人文薈萃，「泉州有它的魅力，它是世界海上絲綢之路的起點，航海家馬可波羅曾驚艷於泉州的繁榮，把它與亞歷山大港相媲美」。

「其實，泉州對於金庸先生而言並不陌生，因為他的小說有泉州元素，也有很多泉州的讀者。」潘耀明說，當年一行，金庸對泉州評價甚高，而讓金庸流連難忘的則是晉江摩尼草庵，「摩尼教其實就是他《倚天屠龍記》裡的明教，明教的教主的石雕竟然在泉州，而且是迄今為止世界上發現的最大石雕，他覺得這是一個意外的收獲。」金庸在《倚天屠龍記》中着墨最多的明教，當初是根據零碎記載編撰而成的，之前，有不少人譏諷他筆下的明教子虛烏有，沒想到竟然在泉州找到了佐證。

在為家鄉文化古跡保存完好而驕傲的同時，潘耀明也看到了問題，「北京大學有學者估算過，金庸先生在全球擁有超過六億的讀者，這是很大的一個群體。但是，金庸筆下的明教根源在泉州晉江摩尼草庵，我們沒有主動向外宣傳，這是很可惜。」潘耀明以浙江著名風景區舟山群島之一的桃花島為例，作為《射鵰英雄傳》中東海桃花島的原型，浙江桃花島不僅建成了「射鵰影視城」，目前還在規劃建設「金庸武俠文化村」，早已是熱門的影視拍攝外景地，同時也吸引了許多「金庸迷」，潘耀明說：「我們一直在説文化產業，那文化怎麽和產業相結合呢，我覺得泉州還沒有好好發揮。《倚天屠龍記》多少人在看，大家都非常熟悉，如果說明教的教主雕像在泉州晉江，會有很多人專門來看的。」

如今，潘耀明任職香港作家聯會會長。為了推動文學事業的建設和發展，他策劃過不少文學活動。尤其策劃組織的「世界華文報道文學」和「世界華文旅遊文學」的徵文活動，更將繁榮世界華文文學創作，納入到他的文化理想和實踐之中。

金庸說，如果將香港文化圈比喻成梁山泊，潘耀明就是宋江式的角色，統領大家一齊上山幹事。這一方面金庸說他為人敦厚，甘為香港文化人做嫁衣，另一方面，則誇他有聚集各方才學的氣度。

二〇一八年十月三十日晚上，潘耀明得知金庸離世的消息，十分難受，他說，「我和金庸先生是亦師亦友，他的高尚品格和文學才華，影響了我的一生。」「我一直非常敬重他，對他的知遇之恩充滿感激。」

對金庸的評價，潘耀明非常堅定：「查先生這樣的大家，五百年之內不會再有第二個。」

記得金庸窗前那一盞孤燈

——香港女作家亦舒

亦舒跟金庸一樣自稱「說故事的人」，出道以來筆耕不輟，至今已出版作品三百餘部，代表作包括《玫瑰的故事》、《我的前半生》、《喜寶》、《圓舞》、《朝花夕拾》、《天若有情》等，其中多部作品被改編為電影。亦舒是華語世界獨具影響力的作家，擅長以簡練文筆書寫動人故事，開啟了現代女性獨立愛情觀與價值觀，影響了半個世紀以來的城市女性。

亦舒曾在金庸創辦的《明報》任職記者，除小說外，她還撰寫散文和人物訪問稿，以筆名「衣莎貝」在金庸主編的《明報周刊》撰寫專欄。亦舒創作的《玫瑰的故事》曾改編為電影，故事中就有金庸作品人物的影子。如果說，金庸有仗劍而歌、俠義的胸懷，那麼，亦舒也有憤世嫉俗、悲天憫人的心地。

亦舒多次提到過自己的二哥，這個「二哥」不是別人，正是亦舒的親哥哥——那個替金庸代筆《天龍八部》連載、將阿紫的眼睛弄瞎了的倪匡。倪匡是金庸的文朋摯友，因而，他妹妹亦舒的寫作受到過金庸的指教。於是，有人將三人並稱為「香港文壇三大奇跡」。

（一）

亦舒，祖籍浙江鎮海，一九四六年九月二十五日出生於上海，五歲時隨父母到香港定居。亦舒從小酷愛文藝，崇拜哥哥倪匡及其文友金庸、古龍等流行小說家，十四歲在《西點》雜誌上刊登第一篇小說《暑假過去了》，十七歲出版了第一本短篇小說集《甜嚜》。

一九六五年中學畢業，亦舒憑着文學青年的姿態，跑到《明報》找金庸，說要當記者。當年，亦舒在《明報周刊》寫過一篇《金庸的孤燈》，講述她初見金庸時的情景：想起來，並非那麼遙遠的事，當年明報館在灣仔謝菲道，我去見工，完了之後，有人說：「你去看看查先生。」

亦舒發覺，那真是最奇怪的辦公室。簡陋到極點，門虛掩着，一盞孤燈。一位中年男子伏案疾書，聞聲抬起頭來，寒暄幾句。

「少年的我根本不願走近，隨即下了樓，心裡想着：做老板要如此刻苦，真划不來。」

其實，金庸當年才四十歲左右，可是不知怎的，年輕之際，他已像個中年人。亦舒感慨：成功當然有所得，可是付出的代價只有當事人才最明白，創業所費時間精血，不足為外人道。

「後來他的辦公室裝修得美輪美奐，書房面積也非常寬敞，可是我總是記得那一盞孤燈。」①

① 亦舒《金庸的孤燈》，原載《明報週刊》，轉引自《視野》二〇一一年第十期。

因為亦舒和讀者一樣最開心，所費無幾，捧住《射鵰英雄傳》讀了又讀，每次都興奮得搔頭拍腿，說：都會背了，不知為何激動，沒有這幾套書，不知如何是好。

那時，明報的新聞室在三樓，社長室在四樓。不知怎地，十九歲的亦舒每晚收工，都會靜靜走上四樓，去張望坐在社長室裡的金庸。大大的眼睛望着金庸，那長長的睫毛，黑漆漆的眼珠透着靈氣和慧黠。笑起來，整齊潔白的牙齒，襯着嘴角邊兩個小酒窩，很甜很甜。

這麼靈巧的女孩，又有哥哥的引見，亦舒當然很輕鬆地進入《明報》了。倪匡是金庸多年的至交，是《明報》最早的作者之一。那時的倪匡已經很了不起了，通過天分與勤奮，從一個小混子搖身一變成了炙手可熱的大作家，甚至一九六五年金庸赴歐漫游期間把《天龍八部》的連載重任給倪匡，可見倪匡當時的地位與影響了。當然亦舒自己也是很有才氣的，否則在明報也不好混的，金庸的眼裡可不揉沙子的。

金庸眼裡的亦舒，「活生生的，很真實，沒有夢，但有眼淚，沒有幻想，不過仍有浪漫」。①

移居香港後，亦舒先後就讀於蘇浙小學、嘉道理官立小學、何東女子職業學校。那時候，她是家裡的「小妹頭」，有四個哥哥一個姐姐和一個弟弟，她承受了兄弟們的許多溫情。二哥倪匡

① 鄧藹霖《把歌再談心——亦舒空中簽名會》，香港電台第二台，二〇〇一年十二月五日。

更有意思，小時候叫她「小咪」，長大了則戲稱她為「大文豪」。當然，那個時候倪匡還不叫倪匡，也不叫衛斯理，他叫倪亦明，亦舒也叫倪亦舒，雖然差點被母親改成了倪亦容。

十七歲讀中學時，《明報》的星期日特刊刊登了以她為主角的一組照片，因為金庸喜歡上這位未曾謀面的少女作家。

亦舒被金庸欽點錄用，在《明報》當記者，讓她時常出入於影視圈，兼寫名流專訪，這對她後來寫言情小說很有幫助。這時，亦舒喜歡上了金庸的武俠，倪匡的科幻，柯南道爾的偵探，以及勃朗蒂、狄更斯等作家的作品，而且一如既往。

後來，亦舒回憶，在明報社任職，最優越的是金庸教她如何寫作，「要用淺白的語言寫易懂的故事」。亦舒如是說：「寫文章應該盡量寫得淺白，改十次也要改得它最淺白最易懂。當年金庸是這樣教我們的。」那時，她梳個妹妹頭，將有色眼鏡架在頭上，左手抓記事簿，右手抓鋼筆，用過「玫瑰」、「梅肝」、「絡繹」、「陸國」、「嘰哩抓啦」等筆名，金庸喜歡「玫瑰」、「嘰哩抓啦」，審稿時常給她換上這兩個筆名。

亦舒後來著文回憶：「我開始寫稿的時候，徐訏與徐速都還在，也見過兩位，說過話，都十分可親，印象中徐速比較嚷，徐訏比較冷，倪匡唯一的愛情小說《呼倫池微波》，就是由徐速的高原出版社出版。我不大出去，認識的人不多，倪匡才是寫香港這半世紀以來報紙副刊諸事的最佳人選，他喜歡熱鬧，交遊廣闊，一枝筆又活絡，寫起來一定好看。他曾與十三妹打筆仗，與金庸打沙蟹，相識遍天下，通統親身經歷。也許，不是眾編者未曾想到這麼一個專欄，而是，讀者會不會愛看？只有少許副刊讀者才會記得從前的筆名吧，他們著作，也早已絕版。這從來不是一個重文的社會，富戶五十年前如何發跡，人人有興趣知道，文人五千年前著作，湮沒算數，該淘汰者無謂費心挽留。不過，只要喜歡寫，稿酬又能維持合理生活，目的也已經達到。留名與否，有什麼重要。」①那時，亦舒的月薪才三百八十元。

當時，除了以金庸、梁羽生為代表的新派武俠造成很大影響外，還有另外一個文學事件，那就是瓊瑤言情小說的橫空出世。五六十年代港台的文學創作，以武俠、言情文學為代表性，開始了新言情文學的輝煌時代。瓊瑤的第一部作品是出版於一九六三年春天的《窗外》，那時瓊瑤二十五歲，亦舒十七歲。《窗外》是瓊瑤以自身的經歷為基礎創作的，亦舒很喜歡。

學瓊瑤，亦舒起初有過一段寫來寫去都是寫自己的時光。金庸對她說：「亦舒，你只曉得寫你自己，只是寫自己，題材會寫到盡頭的。」她不服氣，開始學習寫劇情。金庸傳授自己的創作

① 亦舒《文壇》，《明報周刊》，二〇一一年二月五日。

經驗：「全真，不好看；全假，行不通。一個好的故事，包含了想像力和個人生活體驗，在虛構和紀實中找到美妙的平衡。」①

這樣，亦舒風塵僕僕地活躍於人生舞台上，白天寫新聞、專訪，晚上寫雜文、小說。一九六八年十一月，金庸創辦《明報周刊》，以娛樂新聞、電影、旅遊、時裝潮流及文化趨勢的報道，受到香港演藝界及知識份子的青睞，從第一期開始，亦舒就是《明報周刊》的撰稿人。

亦舒在《明報》認識的最後一位明星是林青霞，林青霞為《窗外》到香港，剛巧，亦舒離開香港的前一天，明報周刊硬是拉她去訪問林青霞。那天見完她之後，亦舒被編輯鎖在社長室內寫了五千字的林青霞。亦舒寫道：「那麼多人的面孔當中，林青霞的五官最奇怪，拆開來看，沒有一樣合標準：眼睛不夠圓不夠大，眉毛太粗、鼻子小小，嘴角下垂，一副薄情倔強，就算臉型，也不入格局，非尖非圓，說不上來，還要加一個那麼奇怪的下巴。可是當這一切都歸隊，組成一個林青霞的時候，不知道為什麼，就在庸脂俗粉中鶴立雞群，無論是多少女人的群體照，最標青的面孔永遠屬林青霞。有時候忽忽忙忙翻畫報——咦，這妞不錯，啥人？一定神，永遠是林青霞。而且她美得長久。」②

① 鍾曉毅《走入人間的玫瑰——我看亦舒》，《中國傳記文學》，二〇〇三年三月號。
② 亦舒《豈有豪情似舊時》，香港天地圖書，一九八五。

第二天，亦舒離開了《明報》。至於原因，她說那時自己「組織能力鬆散，生活心不在焉」，「也因當時明報薪酬低於當時行情，二哥倪匡多次為自己和小妹與老板金庸交涉，無果」。對亦舒要求加稿費時，金庸則回答：「你又不花錢的，加了稿費有什麼用？」亦舒氣不過，為此在她的專欄裡「罵」金庸吝嗇，說他就是刻薄的爬格子動物。雖然文辭尖刻，但金庸看了，不僅不生氣，還笑着說：「罵可以罵，稿照樣登，稿費照樣一點不加。」總之，說什麼也不加稿費。亦舒明白靠自己這點本事，根本沒法混了，怎麼辦呢？亦舒冷靜下來思考，覺得還是得再去讀書。

一九七三年，亦舒以二十七歲高齡留學英國，「拋開香港的一切，只身拿着兩隻箱就去到英國求學」①。生活的逼仄，異鄉的孤苦，讓她的創作慾望陡升，事業達到頂峰。身居異鄉拿小說當作泄憤的她不知道，在香港，她的小說被少女們奉作盛典，給了年輕少女們「不要沉迷於愛情的幻象，多些獨立奮鬥的歷程」的感悟。

（二）

一九七七年，亦舒自英國讀書回到久別的香港，除了一紙文憑兩隻箱子一無所有。其實在英

① 何江西《和倪匡亦舒做鄰居》，《澳門日報》，二〇〇八年十二月一日。

國那三年，她對人生對世態甚至對自身的看法改變很大，只有一個沒變，就是她仍然充滿很強的創作慾望，那時她處於積累階段，乃至有留學歸來後的厚積薄發，一發而不可收之勢。她的很多小說都是以英國為背景的，比如《喜寶》、《人淡如菊》、《家明與玫瑰》等，好像連《流金歲月》裡的南孫都抽空跑了趟英格蘭與巴黎。

亦舒找的第一份工作是擔任富麗華酒店的公關，之後，轉任香港地區新聞官員七年，還曾經當過電視台編劇。那時，亦舒在經歷過兩段不成功的婚姻以後，仍是單身女人，每天微明即起，伏案寫二三千字，一手寫小說，一手寫雜文。

亦舒「總是記得那一盞孤燈」，金庸的《明報》，仍將她作為主要撰稿人。

金庸在《明報》上闢一塊豆腐乾大小的方塊，讓她「孵豆芽」，每篇寸寸長數百字，而在數百字內說出要義來其實談何容易。她有次說，專欄女作家在報刊的一角找到自我，什麼瑣碎的事都拿出來絮叨一番，不知是否自嘲，因她自己何嘗幸免於此。彼時的亦舒，二十五六歲的年紀，寫的東西裡，還是充滿着趣味與性情。有意思的是，行文裡依稀還有張愛玲的味道。久之，她「孵豆芽」竟然孵出了兩本《豆芽集》來。

這時候，金庸寫完《鹿鼎記》後早就宣佈封筆，並開始修訂全部武俠小說作品。有一回，亦舒問金庸：「你寫小說是先想好人物性格，還是先有故事？」金庸答：「我的小說是隨寫隨登的，事先往往只有一個大綱。」「大綱是長是短？」亦舒問。「只有一張紙。」金庸答。金庸還跟她說，文章越簡單易懂越好。亦舒果然如此，她的語言風格最為人稱道，看似簡潔平淡的語言裡，用詞遣句犀利辛辣直擊人情世事底蘊，於混沌或清醒中都鞭辟入裡。

金庸告訴她：「寫文章是講故事給人家聽，所以故事要編得好，讓人家意想不到結果，喜歡聽下去。」亦舒琢磨着這話，仔細閱讀金庸小說，發現他的作品中貌似不經意的小線索，往往貫穿始終又似引線，早早預示了故事的結局。於是，亦舒有些文章，只要看了標題，就知道故事會怎樣發展——卻又篇篇平中出奇，讓人感嘆，原來是這樣子的啊大約這就是她的魅力所在。

多少個清晨，不論寒暑，亦舒黎明即起，伏案苦寫。金庸看重她，還因為她有一個好的寫作習慣，從不拖稿，也不會「臨時抱佛腳」，一天交一段稿。小說連載，往往能一氣呵成，盡量不給人以斷裂感，這在香港是很難做到的。有的寫作人一天好幾個專欄，A專欄的稿子飛到B專欄的事，並不是沒有發生過，而上一段與下一節聯接不上，更是經常招人非議的事。亦舒不是這樣。金庸也知道，她會有許多存稿的，不勞擔心。

金庸對白岩松說過亦舒的文字：我擅於講故事這個是天賦，好像不是學得來的，倪匡、亦舒也都是編故事的天才，倪匡的想像力，似高於亦舒，至於語言文字的運用，則不得不讓乃妹出一頭地。」①

亦舒走紅的時候瓊瑤也在走紅，於是人家說：「香港有亦舒，台灣有瓊瑤」，她卻說「那個瓊瑤，提了都多餘」。但她承認瓊瑤有瓊瑤的本事，把「那一路」小說寫到了盡平頂點。如果說瓊瑤小說是寫給青春萌動的小女孩看的，那麼亦舒小說則是寫給經歷過感情挫折的大女孩看的，也有一群有職業有家庭的主婦紛紛將她的小說奉為至寶。

亦舒的一篇短文，記下她「喜歡與樂意見到的人」，包括「二哥亦明，他的理智與能力，他的科學幻想小說」，此文結尾極簡約，只有四個字：「金庸，偶像。」倪匡與金庸平輩論交，而他的妹妹亦舒視金庸卻在父、兄之間。

她的小說、散文談到金庸的地方很多，口氣間很不把金庸當外人，也尊崇，也調侃。「我最愛聽金庸講他當年寫《雪山飛狐》每月稿費七百港元的故事。」②

僅僅是《紅樓夢》中的一句對白「縱使舉案齊眉，到底意難平」，就讓亦舒以此作底子，寫出了一個又一個凄艷的愛情故事，諸如《玫瑰的故事》、《香雪海》、《風信子》、《寂寞鴿子》、

① 熊誠《訪談：白岩松與金庸對話——迷人的「金大俠」》，《生活時報》，一九九九年九月十六日。
② 亦舒《偶像君子藝術家》，載《豆芽集》，香港天地圖書，一九八〇。

《蔓陀羅》等。

她的二哥倪匡說過：「一直知道亦舒的小說寫得好，間中也看她的小說，可是說起來奇怪，真正集中力量，把她的小說詳詳細細一口氣看完卻還是最近的事。記得那天晚上，一口氣看完了《玫瑰的故事》之後已是凌晨四時，坐在地上，半晌作不得聲。同樣的情形只有當年看完了金庸的《雪山飛狐》之後才發生過，這是第二次。」

確實，亦舒那迷倒不少讀者的《玫瑰的故事》自有金庸的位置。一九八一年出版的《玫瑰的故事》，講述的是玫瑰由少女至二十八歲的故事，這個年齡段正是亦舒在明報社工作受教於金庸的時候。小說故事由玫瑰身邊或近或遠的四個男人來述說。溥家明很像《笑傲江湖》裡面的黃鐘公。時代、經歷自然大異，二人的氣質，卻是出奇的相似。書中莊國棟讀《射鵰英雄傳》不知多少遍，以至於幾乎可以背下來，當他回到香港登報尋找玫瑰，自然選擇了金庸的《明報》，居然很快就有回音，這裡，亦舒可能跟「星宿派」門下弟子學了那麼一招半式，給「《明報》廣告」做起了廣告，借羅振中之口，頌揚道：「《明報》廣告，效力宏大！」莊國棟、羅振中亟亟趕到明報社，「看到一個中年人步入編輯室，長得方頭大耳，神態威武，面容好不熟悉——」這個人，當然就是金庸。

至於那位接待莊、羅二位的「瘦瘦高高，戴黑邊眼鏡」的明報人員，也應實有其人，亦舒在

《明報》做記者時的舊同事，此人自供「小姓蔡」，那會兒，蔡瀾給《明報》寫稿。《玫瑰的故事》又說這位蔡先生「口氣像個詩人」，那不奇怪，因為蔡瀾本來是詩人。為此，金庸稱亦舒「是一束帶刺的玫瑰」。①

除《射鵰英雄傳》外，亦舒也熟讀金庸其他小說，例如《天龍八部》。她的小說《剎那芳華》的題目，就出自《天龍八部》回目（第三十五回〈紅顏彈指老　剎那芳華〉）。《風信子》與《天龍八部》存在種種微妙的對應。宋家明對應慕容復，宋老夫人對應慕容博，宋樹珊對應王語嫣，宋總管的四個兒子（約翰、路加、馬可、保羅）正對應慕容家族的四大家臣（公冶乾、鄧百川、風波惡、包不同）。

二哥倪匡專門寫了一本《我看亦舒小說》，特別向讀者提及：何以在她的排列組合之下，這七八千個漢字可以如此生動而吸引人，很多人看了就去買亦舒的書？說她的作品是：「顯示出現代人的困惑和兩難選擇，鄙視富裕的冷漠，於是想回到原始溫馨，而一旦真的得到了患難中的真情，卻又要貪婪地追求那高麗和奢華。」到底還是一家人，倪匡一番話真的點破了亦舒作品背後的謎底。

亦舒作品結集的《風信子》、《喜寶》，還有一部《我之試寫室》，均由金庸晚年主持的明窗出版社出版。金庸能夠想到，善編故事的亦舒總有一日會將「我的前半生」寫進她的小說裡。

① 劉國重《關於金庸與亦舒的隨想》，新浪博客，二〇一一年十月十一日。

（三）

《我的前半生》是亦舒的代表作，一九八二年十一月由香港天地圖書社出版，寫作時間當在《玫瑰的故事》之後，即二十世紀七十年末或八十年代初。

亦舒講述：有一天，結婚十多年的全職太太羅子君，像往常一樣晨起。她揉着睡眼，料理好一雙兒女的書包、衣裝，送他們出門去上學，然後便照常去了美容店做Facial，順便給下個月過生日的丈夫買一條鱷魚皮帶做禮物。突然，丈夫涓生擲過來一句話：「子君，我要同你離婚！」說完，涓生拎起一只皮箱走出家門，再也沒有回來……

小說裡主人公的名字是「子君」和「涓生」，來源於魯迅的小說《傷逝》，甚至可以說小說《我的前半生》就是對《傷逝》的擴大篇。《傷逝》是魯迅唯一的一部愛情小說，探討了愛情與婚姻、女性與個性解放等問題。亦舒想給子君的人生一個更加完滿的結局，所以延用了《傷逝》中男女主角的名字，讓他們在新時代裡尋求另一種人生。

這是亦舒與魯迅的隔空對話！亦舒十二歲就開始讀魯迅的《野草》，後來還在一家文學雜誌社裡，將整套《魯迅全集》全部讀完。師承甚殷，以致不惜把魯迅筆下的主人公的名字用到自己的作品中來，虛構了一個別出心裁的「子君」與「涓生」的香港傳奇。更不用說行文中的一針見血、爽快犀利的風格，亦源於此了。

金庸在央視訪談時說過，亦舒的情感小說寫得好，文學之路走的順暢而成功，而她自己的情感之路卻並不順利，前兩段短暫而狼狽的婚姻鑄就了《我的前半生》。

亦舒的第一段戀情，算得上風花雪月，十七歲的時候愛上了才華橫溢的窮畫家蔡浩泉，開始主動出擊倒追對方。不僅如此，她甚至以自殺威脅反對他們在一起的父母，閃婚後十八歲就生下了兒子蔡邊村。顯然，這段故事就算放到現在也能引發爭議，更別說在那個年代了，亦舒對於追求愛情的膽量可見一斑。金庸評說：「情緒化的女作家遇上了憂鬱的男畫家，雙方太過年幼，自己還是孩子，承擔不起家庭的重擔，因錢生怨，加上年輕氣盛，婚姻也就沒有了結果。」三年後剛性的亦舒拋家棄子決絕而去。

多年以後，兒子蔡邊村長大成人，意外得知自己的生母竟是大名鼎鼎的亦舒，便在二〇一三年左右自編自導一部紀錄片《母親節》，希望能夠見自己的母親一面。但是亦舒拒不相認。對於拒絕相見的原因，或許可以從小說《媽》中找到一絲端倪，書中寫道：「你父親已經浪費了她的前半生，現在你又要去浪費她的後半生？」她選擇抹去這段回憶。

一九七一年的《明報周刊》封面，亦舒身旁的岳華是她當時的男朋友。有一篇評論亦舒的文章寫道：「亦舒跟岳華也有過一段情，凶終隙末，分了手。原因何在，自然是由於亦舒的脾氣。亦舒不發脾氣，很令人喜愛，一發脾氣，便不可收拾，據說，有一回她跟岳華吵架，竟把岳華的西裝全剪爛了。」兩人的熱戀和分手成了全城的熱議話題。

當年，岳華與鄭佩佩合演《大醉俠》而一舉成名，成為當年邵氏最賺錢的男星。岳華透露，真正拆散兩人婚姻的是一封信，遠在美國的鄭佩佩因為瑣事纏心，在給岳華的信裡說了一些對新家庭的抱怨。亦舒十分生氣，將這些信向報章雜誌公開，弄得鄭佩佩的家庭出現了問題。後來亦舒跪下來求岳華復合，岳華說：「你傷害人家太犀利了，是不可以的。」據說，金庸得知此事後勸過岳華，岳華說：「我認為她的做法太過分了，傷害我不重要，但傷害人家的家庭就是太過分……」①離婚之後，亦舒去了台灣。多年後，岳華與亦舒碰巧在同一個電台工作，有時相見，情如陌人。

後來，亦舒以岳華為原型寫了小說《家明與玫瑰》。金庸評論說，亦舒的小說之所以出彩，大概就是因為她所寫的往往不是愛情中的甜蜜，而是愛情中難以被捕捉以至於很少人發現的悲哀。如果不是亦舒經歷了這許多激烈的感情，又怎能得到之後對感情通透的認知呢？又怎麼能夠有如此多的靈感，保持每年六本小說的習慣？

① 劉曉寧《亦舒：每個人總有不願意公開的秘密》，《武漢晚報》，二〇一四年五月二十七日。

魯迅在小說《傷逝》中說：「人必生活着，愛才有所附麗。」這句話適合所有的「子君」。亦舒在《我的前半生》中說：「我的前半生可以用數十個中國字速記：結婚生子，遭夫遺棄，然後苦苦掙扎為生。」她寫道：「最佳的報復不是仇恨，而是打心底發出的冷淡，幹嘛花力氣去恨一個不相干的人。」或許正是這兩段戀情，讓亦舒吃了太多的苦頭，所以她挺過了前半生之後，性格改變了許多，她對愛情的追求不曾消滅，但是心境卻平和的多。

亦舒的第三段愛情低調許多。四十歲時，她遇到了生命中另一個重要的男人，就是她目前的丈夫梁先生，曾為港大教授，現為北師大客座教授。《明報》有文章稱：「亦舒的丈夫是一位專業人士，也是一位充滿幽默感的中年男人，一位專業人仕和一個藝術家，可能普遍人覺得他們拉不上關係，但是亦舒與丈夫相處了五年期間，關係一直維繫得相當和睦，可能兩個都屬於不拘小節的詼諧人吧，他們的關係維持得非常之好，亦舒現在的婚姻生活可以說是相當快樂啊。」《明報》記者採訪亦舒，描述其住處：「順着彎彎曲曲，柔腸百折般的山路，一直往上爬往上爬，才到達亦舒的家。亦舒避靜在加拿大卑詩省西溫哥華半山，前院參差花樹，車道和通往大門的小徑，都半掩在綠蔭之中。」細心的記者還看到「她潔淨的指頭下，套着相當大的一只結婚鑽石指環」。

或許她的感情經歷，正是她靈感的繆斯，她筆下的人物，大多都會經歷一段人生起伏之後而變得更加通透，成為越挫越勇的亦舒女郎。這也如同她自己所說：「我的歸宿就是健康與才幹，一個人終究可以信賴的，不過是他自己，能夠為他揚眉吐氣的也是他自己，我要什麼歸宿？我已找回我自己，我就是我的歸宿。」

亦舒在《我的前半生》尾聲中展現：涓生再見到子君，同樣被她驚艷到了。涓生很懊悔：「是，你說得對，是我不好。我一直嫌你笨，不夠伶俐活潑，卻不知是因為家庭的緣故，關在屋子裡久了，人自然呆起來……離婚之後，你竟成為一個這樣出色的女人，我低估你，是我應得的懲罰。」

亦舒也算是借涓生的口，替所有被失婚的女子討要了一點公允的評價。

（四）

香港與內地只隔一座羅湖橋，但改革開放前去一趟香港很難，更遑論文化交流了。但有一個例外，金庸和亦舒的小說帶着幾分神秘，悄悄地廣泛流傳，成為內地讀者最早看到的香港小說。

一九八〇年十月，廣州的《武林》首先刊登了金庸的《射鵰英雄傳》，從此金庸等人的武俠小說便如雨後春筍般地出現在書市上，讀者之多、閱讀熱情之高，前所未聞。金庸的武俠小說以民族利益為重，與舊武俠的「冤冤相報」有質的不同：它既吸收古典小說的精華，又借鑑西方現代派藝術手法。其作品氣勢恢弘、場景壯闊、情節跌宕、形象鮮明、語言典雅，具有很高的文學價值。

緊跟金庸而來的是亦舒的言情小說。亦舒善於把筆伸進上層女性知識份子的愛情婚姻生活，寫她們對婚姻的追求，愛情的失落、痛苦與掙扎。亦舒認為愛情與金錢息息相關，她作品裡的主人公常說：「誰送的鑽石最大，誰就最愛你。」亦舒對世間是否有真愛情是持懷疑態度的。她認為公園裡、海灘上，男男女女抱身摟腰的所謂戀愛，「決不是愛」，真正的愛情是很少有的。所以我們很少看到亦舒作品裡那種要死要活的生死之戀，更多的是丈夫偷情、妻子別戀、情人分手。亦舒的小說雖然讀起來苦澀，但由於內地改革開放之前的二十多年間很少有感情纏綿悱惻的言情小說可看，讀者正渴望着感情的滋潤，因此亦舒的小說也很暢銷。

亦舒在《明報周刊》的「衣莎貝」專欄裡說過金庸與夏夢的一則逸事：「大家都知道，金庸，年輕的時候鍾情美麗的女演員夏夢，後來，他對老友倪匡說起當時情況，他用滬語形容：『想是想得來』。真有點蕩氣迴腸。欣賞過《三看御妹劉金定》與《王老虎搶親》的觀眾，多數都會肯定，比夏夢更具氣質與美貌的女演員，大抵是沒有的了。而上海人口中的『想』，除出思念之外，其他的弦外之音包括渴望、愛念、以及相思，是一種十分纏綿的思維。因為只是想，放心裡，可假設有什麼激烈實際行動，肯定羞怯躊躇。……不過講起來，到底不如這個想字浪漫與美麗。」

移民後的亦舒相夫教女之餘，仍是筆勤不倦，仍有大量新作上市，雖然很多題材風格有變，但癡迷的讀者們還是不停地搜集她的新作。

亦舒曾經在某篇散文裡說，假如金庸晚十年封筆，她這輩子就不用結婚了，有金庸的書作伴即可。金庸的作品，她是一本本地買，重重覆覆地買，到了今天，大概已第十次買《鹿鼎記》。看《書劍恩仇錄》照例看得淚如泉湧，雖然它並非是金庸最好的一部，可是浪漫纏綿的細節特別多，故此使喜讀愛情小說的她潸然淚下。

對金庸的作品，亦舒的評價甚高，認為它們甚有傳世的可能，因為「閣下最初看《射鵰》是幾歲？二十八歲，令郎在高中時也讀《射鵰》，什麼，令孫今年十一歲，也已對《射鵰》感興趣？所以，一本書賣了三十五年還是一直暢銷，一紙風行，已經踏上傳世第一步」。金庸也說：「在我所寫的諸部武俠小說中，《射鵰英雄傳》是銷數比較大的一部。相信由於《射鵰》的內容與人物最接近傳統武俠小說，不太接近現代派的新小說，忠奸分明，一般讀者最容易接受，少年讀者比較易於了解。也因為這樣，所以改編為電視連續劇之後，也得到觀眾的盛大歡迎，在香港、台灣、大陸等地，廣大觀眾竟對之如癡如狂，觀賞《射鵰》成為生活中一件大事。」①

① 金庸《李志清漫畫射鵰英雄傳序》，台灣遠流出版公司，二〇〇二。

亦舒還寫過散文集《禿筆》，評說金庸小說中的女子：「金著中，可愛女性實在不少，老派人會喜歡雙兒、小昭，新派人則屬意任盈盈、郭襄，她們不但長得美，而且心地好，善解人意，還有一個非常重要的共同點，那就是，在適當的時候，她們懂得視而不見，聽而不聞。討厭的女子有沒有？有，當然有，怎麼沒有，個人首選，乃《鹿鼎記》中的阿珂。也只有韋公小寶那樣的人，才會對阿珂神魂顛倒，此女一點靈魂也無，空長着一副好皮相，性格如風擺柳，毫無情義同宗旨，哪裡好哪裡去，翻翻覆覆，一見勢頭不對，立刻屈服，真叫讀者齒冷。……現代功利社會中更有無數阿珂，李阿珂張阿珂，林阿珂趙阿珂，蠟樣年輕美麗的面孔專門侍候名同利，根本不是真人。」

她還拉了金庸做擋箭牌：「金庸發達，實在害慘了他的一群讀者。」

但，亦舒還是亦舒，有話她還是清心直說，在她的一部又一部源源不斷的小說散文中，她完完全全地「出賣」了自己：「要表達什麼，大可在私家專欄中大方地說明，何勞別人一支筆。」於是，我們在她近期的《隨意》、《隨想》等結集中，依然看到她對流行小說的看法，對作品傳世條件的闡述，對自己性格的剖析，對世事的洞明，對愛情婚姻的迷戀，還有其他諸如對金庸作品的高見。

近年來，亦舒定居在溫哥華，處事低調，甚至謙稱自己是家庭主婦。連《中國文學家辭典》問她要小傳，她也「抵死不從」，反而將話題扯到其他同文身上，包括金庸和她的二哥倪匡，說「香港作家多的是，輪也輪不到我這不折不扣的家庭主婦」。

他為鏞記做了「射鵰英雄宴」

——美食家蔡瀾

蔡瀾和金庸同被江湖之人列入「香港四大才子」，金庸的「才」是「寫」，寫武俠小說，而蔡瀾的「才」卻是「吃」，吃遍天下美食，他是著名美食家、專欄作家、電影監製、電視節目主持人。

蔡瀾說金庸是自己的長輩、也是自己的朋友：「他對我很愛護照顧，我們認識多年，也常常一起去旅行、聊天，他生病的時候我也去看他，我跟他家庭的關係也搞得很好。他教了我很多東西，常常告訴我要寫作的話就要多看書，因為年輕人不大看書，寫來寫去都是那些東西，他這句話也是在教我，所以我一直是多看書的。」①

金庸說蔡瀾：「我喜歡和蔡瀾交友交往，不僅僅是由於他學識淵博、多才多藝，對我友誼深厚，更由於他一貫的瀟灑自若。好像令狐冲、段譽、郭靖、喬峰，四個都是好人，然而我更喜歡和令狐冲大哥、段公子做朋友。」② 金庸曾如此評價蔡瀾：他是一個真正瀟灑的人，見識廣博，懂的很多，

① 蔡瀾《蔡瀾說金庸》，《南方都市報》，二〇〇六年十一月十三日。
② 金庸《走進蔡瀾》，《成都商報》，二〇一〇年五月一日。

人情通達而善於為人着想，琴棋書畫、酒色財氣、吃喝嫖賭、文學電影，什麼都懂，於電影、詩詞、書法、金石、飲食之道，更可說是第一流的通達。

（二）

一九八三年秋，成龍主演的動作喜劇片《快餐車》正在拍攝，蔡瀾擔任監製一職。有一日，他剛從外景地西班牙返回，休息時讀報，讀着《明報》副刊上的影評文章，蔡瀾突發奇想：到《明報》弄個專欄玩一玩。

拍攝間隙，他去找老朋友倪匡，說了自己的想法，請他幫忙。倪匡一聽，當即面露難色，說：「蔡兄啊，你讓我為難了，你知道嗎，金庸將《明報》當成自己的性命，尤其那個副刊，一直以來他死抱着不放。你要寫《明報》副刊，真是難過登天。你還是讓我請你吃頓飯，來得容易，這專欄的事，太難了！」蔡瀾不甘心，懇求道：「倪大哥，你還是幫幫我，你不幫我，恐怕普天下沒人幫得了我啦！」倪匡最怕哀求，當下便說：「讓我想想辦法，不過，你別太急。」猶豫了一會又說：「給個期限，三個月吧！」

《明報》副刊的專欄質地非常之高，當時能夠在《明報》副刊上擁有一個專欄都被視作身份象徵。

金庸雖然早已經將總編輯一職讓出，一般的編務他也基本不過問，不過，專欄作者的聘請卻一定要通過他批准，別人無權決定，這是明報人都知道的事兒。

此後幾天，凡是有金庸的場合，倪匡必談蔡瀾。起初，金庸並不在意，過了一個星期，終於忍不住了，問：「蔡瀾是誰？」倪匡心中暗喜，嘴上卻說：「哎喲！文章寫得這麼好的人，你居然不認得，你快點去買張《東方》看看吧！」《東方日報》是香港發行量最大的報紙，蔡瀾是「龍門陣」的專欄作家。過了三天，金庸見了倪匡，主動說：「你說得對，蔡瀾的文章寫得不錯，他有多大年紀？」

「四十左右吧。」倪匡答，蔡瀾那年四十二歲。

「這麼年輕文章就寫得這麼好，難得難得！」金庸讚道。

「還不止呢。」倪匡便把蔡瀾精於飲食電影、琴棋書畫的事，一一告訴了金庸。①

蔡瀾生於新加坡，家住戲院樓上，自小受電影熏陶。父親是潮州人，烽火年代移居南洋，以詩文著稱。母親是小學校長。蔡瀾小時候，父親就喜歡買一大包書回來，放在地上，隨他們兄弟姊妹挑自己喜歡的書拿去看，並從中觀察兒女對哪樣的書有興趣。在這段時間裡，蔡瀾處於狂熱

① 費勇、鍾曉毅《金庸傳奇》，廣東人民出版社，二〇〇〇年版，第六七至六八頁。

的閱讀狀態，讀了大量古典小說和世界名著，並對寫作產生了濃厚的興趣，中學時代已在新加坡《南洋商報》撰寫影評。

十幾歲時，一心想當畫家的蔡瀾，想到法國去學畫。但母親非常擔心自小喜歡喝酒的他，到了那兒就成了真正的酒徒，後來蔡瀾改變主意決定到日本，母親很高興地說：「那裡好，有米飯吃。」說起這件事，蔡瀾非常得意，因為母親顯然忘了日本還有著名的清酒。到了日本，蔡瀾讀了一些電影課程，並幫邵氏公司選日本片到香港播放，開始與香港電影界有初步接觸。

蔡瀾先後旅居東京、紐約、巴黎等地，通曉多國語言。一九六三年赴港定居，任職邵氏製片經理，一九八二年出任香港嘉禾電影公司副總裁。曾為多部電影擔任監製一職，成龍在海外拍的戲多由蔡瀾監製。

在商業與藝術間徘徊，令蔡瀾逐漸感到無味，於是他拿起筆來給報刊寫稿。他給《東方日報》「龍門陣」專欄每周寫兩篇，寫身邊的人與事，多是千字以下的小品文。

「真是英雄出少年，什麼時候替我介紹認識他一下？」金庸對蔡瀾有了興趣。

「他很忙，我替你約約看。」倪匡吊了金庸三天胃口後約了蔡瀾。

金庸盛裝赴會，一見蔡瀾，態度誠懇，令蔡瀾不知所措。三人欣然就座，天南地北地暢談。在席中，金庸推了推倪匡，輕聲說：「我想請蔡先生替《明報》寫點東西。」倪匡一聽，皺了皺眉頭，結結巴巴地說：「這個……這個嘛……」金庸又推了他一把，倪匡這才勉強說了。

蔡瀾欣喜若狂，因為距他求倪匡向金庸說項前後僅兩個星期，他就受聘為《明報》副刊的專欄作家。

（二）

金庸對副刊專欄作者的要求非常嚴格，一旦察覺專欄作者長期「長吁短嘆，風花雪月，艱深晦澀，讀之無味」，就會毫不客氣地炒其　魚。

初來乍到，蔡瀾便遇到這樣的事：有幾位作者在副刊已經寫了幾年的專欄，但金庸不喜歡他筆下「言之無物」，便力主停掉他們的專欄，其實蔡瀾跟其中一位作者還是朋友，於是跟金庸說情，讓給他一個改進的機會，但金庸「炒意」堅決，蔡瀾也沒有辦法。後來，那位作者竟誤認為是蔡瀾從中作梗，他不知道的是，《明報》副刊專欄作者的約稿大權，始終都掌握在金庸手中。

蔡瀾欲為《明報》副刊打造一個「名店」裡的「名牌」。經金庸批准，他打算和倪匡、董夢妮三人輪流執筆，撰寫游、玩、吃方面的有趣見聞，本來擬好的專欄名字是「三洲書」，專欄出世前一日，金庸通知他，專欄命名為「海石榴手札」。「海石榴」是蔡瀾借住旅館的名稱，三人合寫的主意是在該處產生的。蔡瀾覺得這個新欄名來得親熱，字面上也較有詩意，很佩服金庸的用心。金庸給專欄定下的選稿標準是：「新奇有趣首選，事實勝於雄辯，不喜長吁短嘆，自吹自人投籃。」①這個要求正合了蔡瀾率真瀟灑、不拘一格的性情。

有關生活的吃住用行，蔡瀾無所不曉，無所不可以妙筆生花地寫，但最廣為人知的還是他關於美食的撰文。蔡瀾將自己的好吃秉性，歸結於父親起名的「不慎」，他對金庸說，大哥蔡丹，姪子蔡曄，「於是一家人正好拿着菜單（蔡丹），提着菜籃（蔡瀾），去買菜葉（蔡曄）」，不愛吃，可能嗎？

那時候，翻開《明報》，就會讀到蔡瀾的文字，簡短而清新，美食、旅遊、電影、人生，聲色犬馬，無所不談。走進街角一家普普通通的茶餐廳，不經意間發現，牆上的菜單旁邊標有「蔡瀾推薦」。在香港，蔡瀾成了家喻戶曉的文化名人。

金庸曾經撰文評價他的專欄文章：「蔡瀾見識廣博，懂得很多，人情通達而善於為人着想，琴棋書畫、酒色財氣、吃喝嫖賭、文學電影，什麼都懂。他不彈古琴、不下圍棋、不作畫、不嫖、

① 石貝《金庸辦報紙副刊「五字真言」》，《羊城晚報》，二〇〇九年三月二日。

不賭，但人生中各種玩意兒都懂其門道，於電影、詩詞、書法、金石、飲食之道，更可說是第一流的通達。他女友不少，但皆接之以禮，不逾友道。男友更多，三教九流，不拘一格。他說黃色笑話更是絕頂卓越，聽來只覺其十分可笑而毫不猥褻，那也是很高明的藝術了。」①

《明報》副刊辦得很成功，但專欄作者卻不是金庸用高薪請來的，這在當年的一眾專欄作者中已經不是秘密。林燕妮叫查老板加稿費，金庸笑眯眯地說：「你那麼愛花錢，加了又花掉，不加。」亦舒也曾叫他加稿費，他依然笑眯眯地說：「你都不花錢的，加了稿費有什麼用？」蔡瀾在《明報》寫專欄，稿酬也十分之低，但本着「只管耕田，不問收獲」的原則，他始終不曾跟金庸計較過。因為他相信金庸對他的《明報》有着十足的信心，即使專欄稿酬低，他也以能在《明報》擁有一個專欄為榮。

蔡瀾寫作多年，出版之書籍超過了六十本，有《蔡瀾的緣》、《附庸風雅》、《忙裡偷閑》、《蔡瀾游日本》、《一點相思》、《狂又何妨》、《海隅散記》、《二樂也》、《放浪形骸》、《樂得未能食素》、《給成年人的信》、《給年輕人的信》等，這些文章大都是他在《明報》和《東方日報》的專欄文章。蔡瀾小品文談吃、談喝、談文藝、談電影、談老友、談風物，題材不拘，

① 金庸《走進蔡瀾》，《成都商報》，二〇一〇年五月一日。

大受讀者歡迎。

十幾年間，蔡瀾在《明報》開了十幾個專欄，同時他在幾十家媒體開過專欄。有一次金庸問他有沒有透支的感覺，他笑着搖搖頭：「我經常旅行，看新事物，總能從細微處看世界，我是不會江郎才盡的。我是個好奇的人，如果不好奇，就沒資格做寫作人。我的書，都是主張要積極地面對人生。我鼓勵讀者多些好奇心，絕對不能悲觀。」他認為一個作家應該圈子放大一點，多旅行、多接觸人、多看人生，不旅行也行，看很多很多的書。他絕對與金庸志同道合，意氣相投。

蔡瀾跟金庸有一個習慣很相似：喜歡寫信，即使天天見面的同事，也經常用字條交流。在蔡瀾給亦舒的信中，就出現許多金庸的小鏡頭。如上面所說「三洲書」的擬名：「本來擬好的專欄名字是『三洲書』，由你大哥、董夢妮和我三人輪流執筆，前幾天查先生通知，命名為『海石榴手札』。這是我們旅館，印象良好，三人合寫的主意又是在該地產生，這個標題來得親熱，字面上亦較有詩意。」

有一信談到金庸的智慧，他寫了一段往事：「有一次到台北古龍家中做客，剛是他最意氣風發的時候，古龍說：『我寫什麼文字，出版商都接受：有一個父親，有一個母親，生了四個女兒，嫁給四個老公，就能賣錢。』返港後遇查先生，把這件事告訴他，查先生笑眯眯地：『我也能寫：有一個父親，有一個母親，生了四個女兒，嫁給五個老公。』『為什麼四個女兒嫁五個老公？』

在座的人即刻問。這就是叫做文章！」

說到做文章，蔡瀾寫道：「金庸先生很討厭人家亂改他的東西，而且我也很討厭人家亂改他的東西。我跟倪匡聊天的時候說只有金庸的作品一字不漏的照拍已經很好看了，不必再去又加又減的，我們把這個意見跟金庸先生一講，他大笑，他說那麼那些編劇都沒有飯吃了。」

金庸曾經這樣稱讚蔡瀾：「論風流多藝我不如蔡瀾，他是一個真正瀟灑的人。作為一個瀟灑文人，他筆下的世界，充滿了奇妙與鮮活。美食更是專長，對佳肴盛宴的描寫不僅活色生香，更是具有濃厚的風韻情調。對於生活則完全擁有自己的態度，崇尚自由、無拘無束、不假斯文，對異性懂得欣賞也懂得尊重，絕對的風流倜儻。」①

在內地，將蔡瀾與金庸、倪匡、黃霑並稱為「香江四大才子」。而蔡瀾對倪匡談及：「我最不喜歡的是內地的人，將我們稱為四個才子，金庸先生是一個巨人，其他三人，永遠不能相提並論。」倪匡深表贊同，蔡瀾感慨：「今後的數千年，有人提到查先生生平，也許順道記錄了有這麼幾個朋友，這已是我們一生的成就了。」②

① 金庸《走進蔡瀾》，《成都商報》，二〇一〇年五月一日。
② 蔡瀾《蔡瀾談倪匡》，山東畫報出版社，二〇〇八，第三六一頁。

（三）

跟蔡瀾接觸，金庸看着他活得滋潤，玩得瀟灑，羨慕他了。一九九三年二月，金庸正式出售明報企業，宣佈退休，打算讀書旅遊，安享晚年。

退出《明報》、隱身江湖的金庸最喜歡跟蔡瀾一起了。金庸說過：「除了我妻子林樂怡之外，蔡瀾兄是我一生中結伴同游、行過最長旅途的人。」①他倆結伴共游歐洲，從整個意大利北部直到巴黎，同游澳洲、新、馬、泰國之餘，再去北美，從溫哥華到三藩市，再到拉斯維加斯，然後又去日本，去柬埔寨看了吳哥窟的浮雕。在法國的一條運河上，他們租了一條船，船上有廚師，到了一處就靠岸，去菜市場買菜，做飯。兩人共同經歷了漫長的旅途，一起享受作伴的樂趣和旅途中所遭遇的喜樂和不快。

一九九二年蔡瀾進軍商界。與倪匡、黃霑共同主持電視清談節目《今夜不設防》，言論坦蕩，轟動香江。創辦監製的有暴暴茶、暴暴飯焦等暴暴系列產品，蔡瀾醬料之鹹魚醬料、欖角瑤柱醬、勁辣醬等。一九九七年起，主持電視清談節目《蔡瀾人生真好玩》及旅遊節目《蔡瀾嘆世界》。一九九九年，開辦蔡瀾美食坊，聲稱要拯救香港的瀕危美食。近年來組團開展美食之旅，成為食

① 金庸《走進蔡瀾》，《成都商報》，二〇一〇年五月一日。

界佳話。

蔡瀾每到一地均能發現當地好吃、好玩、好看之事物、人物和風景，然後妙手著成文章。《蔡瀾嘆世界》就是TVB專門為蔡瀾製作的旅遊節目，赴十三個國家拍攝代表了人生最高享受的生活場景。金庸為此寫文章稱讚：「蔡瀾是一個真正瀟灑的人。率真瀟灑而能以輕鬆活潑的心態對待人生，尤其是對人生中的失落或不愉快遭遇處之泰然，若無其事，不但外表如此，而且是真正的不縈於懷，一笑置之。『置之』不大容易，要加上『一笑』，那是更加不容易了。他不抱怨食物不可口，不抱怨汽車太顛簸，不抱怨女導遊太不美貌。他教我怎樣喝最低劣辛辣的意大利土酒，怎樣在新加坡大排檔中吮吸牛骨髓，我會皺起眉頭，他始終開懷大笑，所以他肯定比我瀟灑得多。」①

結伴同行，走過千山萬水，蔡瀾教會金庸一邊品嘗美景，一邊品味美食。

作為美食家的蔡瀾是位烹飪高手，他與香港、台灣的酒樓合作，設計金庸食譜，如黃蓉為洪七公烹調的菜式等，在世界十大名食店之一的香港鏞記酒家大規模推出金庸食譜，其中如「射鵰英雄宴」就頗受歡迎。金庸所著《射鵰英雄傳》中，黃蓉為跟洪七公學打狗棒法，為他烹製了不少美食，其中有一道「二十四橋明月夜」。跟寫武功一樣，金庸寫得漂亮，這道菜自己卻不會做。

① 金庸《走進蔡瀾》，《成都商報》，二〇一〇年五月一日。

有一次兩人同遊杭州，蔡瀾給他做了。其實，製作此菜的原料很簡單，一只金華火腿，幾塊豆腐即可，不過比較費火功。先將金華火腿蒸兩個小時左右，蒸軟後，將火腿一側的皮用刀片開，露出平整的一面火腿肉，用刀具在火腿肉上挖二十四個洞；然後用小勺將豆腐剜成小球狀，分別填入火腿上的洞中；最後將片下的火腿皮蓋在火腿上，蒸四五個小時。蒸熟的「二十四橋明月夜」，火腿的鮮味已全到了豆腐之中，沒加任何調料，材料不過火腿和豆腐，一葷一素，一鮮一淡，可經過蔡瀾的巧手，火腿的原汁原味和豆腐的鮮嫩滑爽融為一體，妙極。①

久之，金庸也成了個老饕，在品味美食之餘，常下厨博好友一笑。兒子查傳倜也好吃，金庸替他找了個美食師傅，就是蔡瀾。

二〇〇七年四月，由香港無線和深圳衛視聯手打造的美食欄目《蔡瀾提菜籃》播出，金庸專門送了親筆題字以祝賀，蔡瀾特意展示了一番，幽默地表示：「我想多少能提升點知名度吧。」

二〇〇九年，金庸曾以《蔡瀾此人》為題替《飲酒抽烟不運動的蔡瀾》一書作序，說：「相對喝威士忌，抽香烟談天，是生活中一大樂趣。自從我去年心臟病發之後，香烟不能抽了，烈酒也不能飲了，然而每逢宴席，仍喜歡坐在他旁邊，一來習慣了，二來可以互相悄聲說些席上旁人不中

① 李懷宇《香港大才子蔡瀾印象》，《內蒙古教育》，二〇〇七年第十一期。

聽的話，共引以為樂，三則可以聞到一些他所吸的香烟餘氣，稍過烟癮。」

當年，南方都市報記者與蔡瀾有過如下對話：

記者：我看金庸先生寫過一篇文章，說最喜歡跟你一起去玩。

蔡瀾：我們很合得來，他很看得起我！我們剛剛從柬埔寨回來，去了一趟吴哥窟。

記者：你跟金庸先生交往多年，對他的印象如何？

蔡瀾：他是我最敬佩的人，因為那時候看他的小說，看得入迷了。我最近又在翻看，很好看，寫得很精彩。

記者：作品之外，他在生活中是一個什麼樣的人？

蔡瀾：他睡得很晚，早上也很遲起床，然後就看書，看很多很多書，我看看書看得最多的人是他了。他看了也能記下來，記下來可以寫出來，這個讓我很佩服。①

蔡瀾曾經很羨慕金庸有個比他小二十九歲的太太林樂怡，金庸似乎對此也頗為得意，無論去哪裡都愛帶着太太。可一次飯局之後，蔡瀾再也不羨慕他了——林樂怡對金庸的飲食監管滴水不漏：海鮮不能吃，怕痛風；猪肉不能吃，擔心血脂高；濃醬不能沾，會影響血粘度；豆腐不能吃，

① 《蔡瀾說金庸》，蔡瀾博客，二〇〇六年十一月十三日。

血酸濃度會增高……一頓飯下來，金庸能吃的只是一份白灼青菜，可憐巴巴。至於餐桌上的美酒，更加絕緣；飯後的一支烟，想都別想。蔡瀾很怕跟金庸一起吃飯，看着對方目光灼灼地盯着那些想吃而不能吃的美食，他頓生憐意，還覺得自己落筷如雨極有犯罪感。反觀自家太太方琼文，對於他吃什麼喝什麼抽什麼，絕不干涉。或許吃的東西喝的東西不是那麼健康，但心中那種無拘無束暢快淋漓的好心情卻始終存在。蔡瀾說：「抽烟傷肺、喝酒傷肝、吃肉傷胃，可是，不抽烟不喝酒不吃肉，傷心！只要吃得開心，精神就會快樂，身體自然會健康、會好起來。」

二〇一〇年春節前，蔡瀾買到一冊由明河社出版的《金庸散文》，「雖然是從舊作收集的，但很多篇文章從前沒看過，像那篇《憂鬱的突厥武士們》，如果我去土耳其之前能夠讀到，那麼拍旅遊節目時便能更深入探討。」於是，他在博客中寫道：「來港多年，讀查先生在《明報》上的社論長成，每有國際時事，都以深入淺出的文筆分析當地之歷史背景、目前政治局面，像在說一個有趣的故事，令我得益良多。書中內容包括了歷史考古，詩詞謎語，電影京戲，中西文學以及旅遊札記等五十篇，可讀性極高。查先生謙虛地說是從前淺薄觀點，但我覺得已經深奧無比！」

二〇一二年元旦，蔡瀾約了金庸和倪匡夫婦來了一個「香港三大才子」的新年聚會。為了這次好友聚會，倪匡和金庸都特別地打理了一番。倪匡穿着最講究，一身紅色唐裝外搭紅色馬褂；

而金庸則以白襯衫搭配黑色背心，顯得特別有精神。三人雖然年事已高，但依然興緻很高，一邊喝着紅酒，一邊談笑風生。倪匡還拿出紙筆，跟金庸、蔡瀾研究起推背圖的第四十九象。

因為金庸幾次在網上被謠傳「去世」，蔡瀾第二天特意在網絡上公佈了一張三人聚會的照片，引發了無數網友的關注。有人好奇地問蔡瀾：「這次聚會誰買單？」蔡瀾回覆：「是查太太買單。」『聽說查太太對查先生管得很嚴，這個不讓吃，那個不讓吃，是不是真的？』蔡瀾回覆：「哪一個不是（被太太管得很嚴）？」這回答讓網友們紛紛感嘆：「好身體都是好太太管出來的。」①

真實情況卻是，金庸的美食口味與蔡瀾不同，他當面就跟蔡瀾講過：「你講好吃的東西，我絕對不吃。你是新加坡人，喜歡的東西我全部不喜歡，你美食家再美也跟我沒有關係，你推薦的東西我就不吃。」

有一回，朋友問蔡瀾：「您怎樣看金庸過早的封筆？」蔡瀾說：「這當然是一個損失了，我常常跟金庸先生說，為什麼你不寫佛經的故事呢？但是金庸先生說這個題目太大了，他現在還是想研究歷史，想寫關於歷史的事，我希望能夠看到他講歷史的文章。」

蔡瀾晚年有隨筆集《江湖老友》。這是一本非常有趣又非常八卦的書。裡邊寫的人都是響噹

① 夏洪玲《蔡瀾微博「曝光」金庸》，《重慶商報》，二〇一一年一月七日。

噹的大人物：金庸、古龍、黃霑、成龍，寫的卻是他們鮮為人知甚至是不大「光彩」的小事。比如金庸因為身體原因，晚年不能吃甜食，他把巧克力藏在護士的兜裡，躲過太太的檢查。比如黃霑中學的時候，為了去睡當紅的舞女，竟然在同學之間搞「眾籌」。還有另一個非常有趣的事，這本書沒有為倪匡立傳，可是每一篇裡都有倪匡。

作者蔡瀾更是一個難得的妙人，有趣的人寫有趣的人，自然格外有趣。

傳媒人要他這樣的雜家

——專欄作家陶傑

陶傑，生於香港，曾居於英國十六年，為華文作家及傳媒工作者，其風格多以幽默的形式批評權力和文化陋習，被金庸稱為「香江才子」。

陶傑算得上是金庸的忘年交，在後輩青年中頗受金庸器重。陶傑應金庸的召喚，從英國回到香港任《明報》副總編輯。

金庸說：「倪匡和陶傑跟我比較投機，陶傑的媽媽是我們杭州人。」還有一層親緣，陶傑的父母曾是金庸的同事，在香港《大公報》復刊時期共患難的朋友。

有人說，香港作家能以文字征服臺灣的，有三個人——金庸的武俠小說、林行止的社評、董橋的散文，而陶傑是第四個。說陶傑是才子，大概香港人都不會有異議。倪匡曾說陶傑的文章與金庸的文章同級，可謂天下無雙。

（二）

一九九一年，金庸到英國牛津大學做訪問院士半年，並接受牛津大學院士稱號，榮膺法國榮譽軍團騎士勳章。這時候，陶傑與金庸相遇。

陶傑提到他與金庸的相識：「當時查先生在牛津大學遊學。第一次看見他，正值深秋，查先生穿套灰舊的西裝，看上去很有上世紀三十年代哲學家羅素的味道。我心想：這個人真是了不得，他對英國文化的瞭解層次很細，也很推崇，尤為欣賞英國的理性、中庸、幽默感。我們聊得比較投契。查先生就叫我替《明報》的副刊，寫一點英倫的文化通訊。」陶傑還特別提到一個小細節，「我發現查先生很會隨環境氣氛的變化，更換衣裝。後回香港，再見查先生，他穿著名牌西裝，與香港衣香鬢影又融為一體。」①陶傑應金庸的召喚，從英國回到香港。

陶傑原名曹捷，出身報業世家，父親曹驥雲退休前是《大公報》副總編輯，母親常婷婷是《大公報》經濟版編輯，外祖父常書林為《珠江日報》記者。常婷婷五十年代剛進《大公報》時，跟金庸在同一個馬克思主義學習小組。

二十世紀六十年代，每到寒暑假，曹驥雲都會帶兒子回內地。曹驥雲在《大公報》的朋友都

① 張傑《「香港才子」陶傑文風備受金庸、倪匡嘉許》，《華西都市報》，二〇一二年九月十九日。

是讀書人，梁羽生、羅孚、陳凡、李宗瀛常常聚在一起。「他們都很博學，有時候講藝術、音樂、歷史，我小時候接受的家庭教育，跟香港一般的小孩有點不一樣。」陶傑回憶：「我生下來的時候，金庸已經離開《大公報》，在長城電影公司。梁羽生一直在《大公報》。我幾歲的時候，金庸已經在辦《明報》了，這幫知識份子天天都看《明報》，看金庸的社論。一九六〇年代初，『大躍進』餓死很多人，後來是『文化大革命』。金庸認為人民公社不應該餓死這麼多人，寧要褲子不要原子彈，結果跟《大公報》有一場筆戰。《大公報》上綱上線，對金庸進行人身攻擊。在《大公報》內部的知識份子，以前是金庸的朋友、同事，覺得很矛盾，覺得不應該，但是沒辦法。那個時候我沒見過金庸，就常常聽那些大人講他，就好像《碧血劍》的金蛇郎君沒有出場，但是有很多人都在談他。很多好戲都是這樣，像《沙家濱》有個沒有出過場的角色，是阿慶嫂的老公阿慶，裡面就提過一句：他進城去了。所以，金庸作為一個獨立的知識份子，他的成就、氣勢很早就在了。」有此故交，後來梁羽生到香港探親訪友，金庸在香港「雅谷」宴請他，特意邀請曹驥雲夫婦和陶傑夫婦作陪。

一九七五年，十七歲的陶傑留學英國，在華威大學念英國文學。畢業後到英國 BBC 海外廣播部工作，他與金庸的第一次見面，就是受 BBC 的派遣。

陶傑成年後，雖然身居異邦，卻在香港文壇活躍起來。他以真名曹捷和筆名楊非劫發表了不少詩和散文，幾度得獎。文學雜誌《詩風》和《香港文學》嘗以曹捷新詩為專題，有人將曹捷歸作「余（光中）派詩人」。同期他又以筆名蔣一樵為《明報》撰寫新聞特稿。一九九三年離英返港，此時金庸已準備退出江湖，陶傑先到《華僑日報》。詩人曹捷完全放下了詩筆，改用筆名「陶傑」轉攻散文。

回港半年以後，金庸請陶傑任《明報》副總編輯。

金庸問他：「到了英國是怎麼學好英文的？」他回答：「英國人知道我來自不同的文化背景，對我特別用心地教。有一兩科的老師對我特別好，請我到家裡過週末，帶我看莎劇，一板一眼地把我帶進英國文化的世界。從小我就左右中外的文化都有涉及，像是孫悟空大鬧天宮，被放進丹爐裡面煉。所以，我這一代比較理解中國，也比較理解西方的歷史、文學、藝術。」

金庸對他說：「你在英國呆了十六年，既有中式家學淵源，又有英式國際視野，必有心得。」他在《明報》闢有專欄《泰晤士河畔》，專講他的英國見聞。

金庸第一段婚姻是以妻子出軌跟了他人告終的。當時金庸攜妻子來港，因為語言不通，加上生活水準下降，頗有不滿。不久黃永玉在港辦畫展，畫展的攝影師和金庸第一任妻子結識，逐漸走近，最後她跟他回國，後來金庸在長城電影公司寫過一個劇本《蘭花花》其中有一幕，男主角的妻子不告而別，男主角一人悽惶的在冬天的大街上尋找妻子，陶傑問金庸，這是不是你真人真事兒改編？金庸首先非常震驚陶傑看過那麼古老的電影還記得那麼清楚，但笑而不言，並未否認。

後來，陶傑還用這個方法拍過一次馬屁，拍的金庸非常舒服。他的武俠小說天下聞名，但電影就少有人提起，陶傑每次都可以從此切入，令金庸不勝歡喜講一些私事給他。至於夏夢，陶傑說他沒有當面問過，但根據當時的情形推測，金庸沒追過夏夢。①

陶傑寫道：「許多人還想金庸出版自傳、回憶錄之類，通通多餘，小說裡的主角，幾乎都是他的自傳，許多情節，是作者對人生和世界的獨白，有時激憤，有時無奈，有時低迴，有時躊躇。金庸筆下的男主角，幻開千面，都是他成長不同階段裡內心價值的衝突。金庸和同道的梁羽生最大的不同，是金庸探討了人的多重性格，而梁羽生，人如其書，只有單一的性格。這一點，劍橋大學的英國論文導師，對這位學生，又豈能洞悉其中妙諦？」每一部小說，如果做平行閱讀，都有他的影子，反應那個時期的心態，例如《書劍》，《射鵰》寫的都是非常平面的正面的人物，愛情甜蜜，到了《神鵰》時，他經營困難，心境頗為淒涼，又遭前同事冷嘲熱諷，一腔孤憤，所

① 林愈静《金庸，查良鏞鮮為人知的故事》，香港商台《光明頂》節目，二〇一八年十一月七日。

以楊過是個性格倔強叛逆的人，絕望的人，反應了他當時的心態，到後來他生意越做越好，赴台採訪蔣經國，甚至做了國民黨政府的顧問，和殖民政府關係也非常親密，正式和左派全面決裂，受到不少攻擊，他寫《天龍八部》裡聚賢莊喬峰一一回應各個所謂名門正派對他的攻擊，幾乎可以一一對照他舊同事領了政治任務或者出於妒忌對他的攻擊。另外就是當時金庸已經在經濟上遠遠的甩開這些舊同事了，所以，安排喬峰所在那個幫派不是武當不是少林，是丐幫。

陶傑在《明報》筆耕十載，以嬉笑怒罵、文字辛辣見稱。《明報》一份市場調查發現，全報閱讀率最高的欄目，不是頭條新聞，而是副刊內版的陶傑專欄；網上《明報》要徵收會費，首先推出來招徠生意的，也是陶傑的大作。肯掏錢買報紙的，不少衝著陶傑而來，為的是朝那一角小方塊的聖。然而，陶傑之所以耐人尋味，大概源於他「可愛」之餘，也同樣「可恨」，兩種感覺一般極端。他的好些言論，諸如「名媛在貴淑之餘，不能太完美，一定要有人格上的一點神秘的小瑕疵，例如酗酒、通姦」，打從骨子裡滲出來的尖酸刻薄加上高格調的迷人包裝，若不讓人拍案叫絕，就恨得人牙癢癢。又如陶傑撰文《家中之戰》稱，菲律賓聲稱擁有南沙群島主權，作為愛國者的他萬萬不能忍受，因香港就有超過十三萬名菲律賓傭工，「作為僕人國家，不能對主人還擊」。他還寫道，他給自己的菲傭上了嚴厲的一課，警告她如果想要在來年加薪，就得告知菲律賓同胞，南沙群島的主權屬中國擁有。一篇遊戲文章惹來不大不小的風波：文章引發菲律賓政界不滿，香港的菲律賓人組織發起一千人遊行示威，菲律賓移民局指陶傑對菲律賓人「傲慢不敬」，將他列入「不受歡迎外國人黑名單」，禁止入境。對此，有人批評陶傑言論過激和主觀，也有人認為他一針見血說出事實。金庸則讚揚他：「陶傑原意並非要貶低菲律賓人，而是嘲諷憤青的極端民族主義。他敢怒敢言，目光銳利，間或遊戲人間，有時帶點孤憤，但總不失文人格調和品味。」①

金庸讚他：「有才子的樣兒，傳媒人不要專家，要他這樣的雜家。」

備受金庸讚許，陶傑自認幸運：「那時候新聞界到處裁員，失業很嚴重，而且香港報業剛好面對一個大轉折，電腦網路的衝擊，很多報紙都關門了。香港的人文基礎開始解體，上一代的報人像金庸都退休了，我們三四十歲這一代接班了。這一代是在殖民地教育長大的，不像金庸那樣有中國的情懷、歷史的視野，中英文也不是特別好。我比較幸運，自己站穩了下來。」陶傑解釋：「我比較適合當雜家，像金庸說的『不要專家，要雜家』。古今中外、國際時事、文史哲、飲食、消費、麻將都要懂一點。從學術理論到江湖智慧，通通都要懂。」

後來，陶傑在《無眠在世紀末》一書的序中說：「我在香港《明報》副刊寫專欄，從

① 陶傑《對於菲律賓人質事件》，《蘋果日報》，二〇一〇年八月二十五日。

一九九二年開始，每天一篇。」「在《明報》副刊寫作，得力於小說家、《明報》創辦人金庸先生的引薦，我想把在國內刊行的這一本集子敬獻給查先生，感謝他當年對在異國的一個年輕人的扶掖與關懷。」《無眠在世紀末》一九九九年由文匯出版社出版。

陶傑本想按金庸的既定方針辦，新主事者卻要大改。陶傑說：「我覺得這一輩冒出頭來的香港人，怎麼這樣膚淺，不知天高地厚。」便對金庸說：「對不起，我沒能完成你的使命。」

一九九六年三月，陶傑去了《東方日報》。

告別時，金庸送了一批莎士比亞研討的英文書給陶傑，顯然是留念很多年前在英國牛津初逢的一段緣分。

結集出版的散文集《泰晤士河畔》，則是陶傑獻給《明報》的，陶傑稱：「此書是我在離開倫敦前的心影錄。」《泰晤士河畔》獲得第三屆香港中文文學雙年獎，被散文家董橋稱為「一千萬人裡才會有一個」。

（二）

二〇〇四年九月十五日，《東方日報》班車在凌晨兩點送員工到尖沙咀，往常陶傑總是坐在前面，那次剛好有一個洋人同事比較胖，陶傑便讓他坐在前面。班車進入啟德舊機場隧道時，一個喝醉的人開著賓士走錯了線，迎面撞過來，班車司機下意識地把方向盤往右一扭，那個坐在前面的洋人馬上被撞死了。陶傑坐在後面沒有繫安全帶，內出血嚴重，因為他沒有喊疼，病床便擱在走廊上，一個見習醫生經過時，看陶傑臉色很白，給他量了血壓，才發現不對勁，馬上急救。手術進行了一整天，陶傑死裡回生。

傑自稱在病榻耳聞誦經聲音，眼見蓮花幻象，還聽到不在場的父母的對話。瀕死的神秘經驗令他成為傳奇人物。

傑康復後在《東方日報》當主筆，撰寫社評及《功夫茶》專欄，又在香港電台主持每週節目《講東講西》，亦曾與劉天賜主持電視節目《犀牛俱樂部》（無綫電視）和《斑馬線上》（亞洲電視）及於《都市日報》撰寫《光明頂》專欄。他的寫作題材極廣，有的是用廣東方言寫怪論，有的是用女性的角色寫愛情，有的寫文化，有的寫國際，分成不同的角色。

二〇一〇年九月九日，金庸八十六歲獲英國劍橋大學博士，劍橋聖約翰院長杜柏琛親自從英國飛來香港，頒證書給他。其實，金庸申請念博士時已獲劍橋頒授榮譽博士。金庸曾說自己追求的不是學位，而是學問，而他獲劍橋取錄的條件是：博士論文一定要有創見。聞訊，陶傑寫了《從

「書劍」金庸到「牛劍」金庸》一文，誇獎說：「金庸的劍橋論文，講的是唐朝皇位繼承。唐朝文化再燦爛，開了先例，槍桿子裡出政權，骨肉相殘，為中國的政治基因奠基，牢固直到今日，是從一個細節鑽研精深的大學問；但他平生真正的大論文，盡在十四卷小說之中。」「金庸小說縱橫上下千年歷史，穿越江南塞北，奇山秀水、大漠雪原，自成一個宇宙，擷取中國文化之最精華，十四部著作，或虛或實，有風格陰柔，或氣派陽剛，濃彩淡墨相間，譬如《笑傲江湖》如潑墨山水，則《鹿鼎記》為工筆細描；其中俊傑豪俠，為至善至美的理想所在，頌喬峰豪邁似辛棄疾的劍影，寫令狐沖瀟灑如李白醉歌，畫張無忌細膩若李商隱的無題，溫婉纖巧如姜白石，富麗典雅似周邦彥，虛懷沖淡處與王維一脈；中國歷史上，除金庸之外，只有曹雪芹的《紅樓夢》做得到。……但金庸小說全盛時期，中國正逢『文化大革命』，文化的精髓，在十年動亂中化為劫灰，天佑中華，正是像金庸這樣的知識份子，在海外為中國文化的仁義之道保存了種子，而且筆耕成一片繁花似錦的園林。」

當一些人當眾焚燒《基本法》、司徒華在立法會上公開攻擊基本法是「通往地獄的紅色豬籠車」的時候，陶傑站在金庸《明報》的立場上，發表文章說：「劍橋大學解封前首相戴卓爾夫人三十年前訪問中國談判香港主權的經過，除了一些飲食資料，沒有什麼進一步的內幕。英國應該放棄香港，因為當戴夫人從北京來香港的時候，在啟德機場拉扯橫幅抗議，高呼『反對三個不平等條約有效』、並支持『民主回歸』的，不是俗稱的『土共』，而是以司徒華為首的香港民主黨早期人士，他們是一群理想的知識份子，而且自稱愛國。我當時在家看到電視新聞這一幕，覺得很好笑，對我的父母說：『呸，從哪裏爆出來的這夥笨蛋呢？他們將會付出代價。』今天我回想起，也發現我的判斷是正確的。」①

二〇一三年十一月，由陶傑代筆、香港英皇娛樂老闆楊受成口述的傳記《爭氣》，中文簡體版在內地登陸。這書講述了楊受成一生闖蕩，建立英皇事業的過程，其間穿插講述了楊受成與不少娛樂圈與商界人士鮮為人知的故事。

見面時，金庸問他：「你的文風只能當拳擊手，不能當吹鼓手的，怎麼替人寫自傳了？」

他回答道：「本來，我與楊先生素不相識，他聞名邀請我三次，叫我替他寫自傳。我推卻了多次。後來我就告訴楊先生，明確說明寫傳記不可以塗脂抹粉，不能只寫光明面。當時楊先生一口答應了。既然他如此信任我，我也感到很榮幸做這件事。」

楊先生是香港商界傳奇。「他曾一貧如洗，也因義助朋友而進監牢。我想這本書對年輕人很

① 陶傑《女首相在遠東》，《蘋果日報》，二〇一三年三月二十八日。

有啟發，讓大家知道，貧窮的日子，個人應如何奮鬥，怎樣做人。也是香港人對往昔的一次集體回憶。」陶傑對金庸說。

提到「代筆」感受，「一般來說，商人非常自我中心，只肯交代成就和貢獻，不會說到缺點和陰暗面。但是，楊先生卻有這個自信，讓我大膽寫。」陶傑說：「其中許多章節，他敢說的，反而我有點遲疑，不敢下筆。我很佩服他有那麼大的膽子。有些內容寫出來後，律師都覺得有點震驚，怕當事人仍在世，惹上官司，再三提請要刪掉。楊先生和我反而會勸說律師，保存真相。只有律師說如果不刪，就有可能惹上官司，才不得不刪掉。」

在香港，很多作家並不是專職。陶傑說：「香港是一個節奏緊張的商業社會，而且香港人口少，市場不足以養活專業作家。到了今天的網路時代，文字日漸墮落，動漫影像流行，我覺得自己很幸運，在香港，我還有一點點市場。幸虧我聽了金庸先生的話，學做一個雜家，不是專家。」

陶傑寫作題材極廣，涉及文化、藝術、時事。評論深入淺出、一針見血，文風綺麗華美、犀利辛辣，備受金庸、倪匡嘉許。在金庸、董橋、倪匡的竭力推薦下，二〇一四年，陶傑作品首度進入內地。《殺死鶺鴒的少女》等雜文集在內地出版，內地讀者首次集中讀到其文章。

被金庸稱為「才子」，陶傑並非浪得虛名。除寫作，陶傑繪畫很了得。早年創作的八幅畫，曾被法國著名的某品牌紅酒看中，製作成八瓶限量版紅酒包裝盒，用作慈善拍賣，收益捐給愛護動物協會。

陶傑說，他早在中學時代就曾專門學過素描和油畫，後來又自學國畫：「我喜歡中國水墨畫，水墨講究『留白』，很符合中國儒道佛家的潛藏和內斂。」金庸收藏了他的多幅畫作。

（三）

在陶傑一家四口連兩名外傭居住的港島西二千八百呎單位裡，有兩間偌大的書房：背山的放滿中文書，面海的除滿櫃英文書，還有一部抽濕機。房間裡，充滿書本氣息。

近年，陶傑在香港《蘋果日報》撰寫《黃金冒險號》專欄，壹週刊的《坐看雲起時》並在香港商業電臺晚間擔任主持《光明頂》。

「光明頂」是金庸小說《倚天屠龍記》出現的地名，為中土「明教」總壇所在地，位於西域崑崙山。元朝時江湖上有六個聲名赫赫的名門正派，即少林派、武當派、峨眉派、崑崙派、崆峒派、華山派。六大門派決定遠征西域，合力圍剿明教總舵所在地崑崙山「光明頂」。六大派一路殺來，「光明頂」上刀光與人頭齊落、劍影共熱血橫飛，明教武功好手一一落敗，眼看將遭身死教滅大禍之際，年輕的張無忌挺身而出，呼籲雙方罷鬥，要化解這場冤孽，揭露明教與六派的所謂血債均係奸人挑撥、中有極大誤會，願出頭辯明其中曲折原委。然而眾人哪裡肯聽，無忌只好出手，施展「九陽神功」和「乾坤大挪移」神功一一擊敗六大派中頂尖高手，但又決不斬盡殺絕。六派倒也信守諾言，紛紛下山而去。張無忌則在不防之下，被峨眉派小姑娘周芷若用「倚天劍」重創……

陶傑坐擁「光明頂」，講述金庸和梁羽生的武俠小說。此外與TOM出版集團大股東周凱旋合作，擔任和記旗下內容供應商「威震四方」的創作總監，為和黃3G手機提供內容和擔任《茶杯雜誌》副顧問。

陶傑說：「我小時候讀金庸不是太明白，把它們當成一般的武俠小說，長大以後讀金庸，覺得他有一套哲學的思想。我就問查先生：『為什麼你的十四部武俠小說，第一部是歌頌反清複明的人物，到了最後一部歌頌一個投降派的小流氓？前面你主張革命起義，到後面你主張妥協、生存、做大官，你寫《書劍恩仇錄》的時候有沒有想到過最後一部小說會這樣寫？』他說：『沒有。』那是他自己成長的一種過程，所以金庸思想體系是非常多元化的，他自己在不同的時期看問題有不同的結論，他自己也有一大堆矛盾，十四部武俠小說其實是金庸內心獨白的長卷，很多人不明白。一個作家就像張愛玲說的，生下來就是受到誤解的。」

這些年，金庸在香港不再外出，陶傑就常與他聚會聊天，還在微博上多次與網友「直播」他與朋友聚會吃飯、交談新書的場景。二〇一〇年五月，他與金庸及倪匡夫婦見面聚餐合影就吸引了不少讀者的眼球，微博配文：「昨夜在香港的北京樓與金庸及倪匡夫婦晚飯。查先生慶祝婚姻紀念，精神氣息甚佳。查先生年事已高，近年不太逛書店。他也會看一些武俠小說，都是由倪匡推介的。他有時候，會批評電視劇的編導，胡亂改編金庸小說的情節。」①

陶傑最後一次看到金庸執筆是五年前去查家時，他在陶傑的一本書上寫了一頁鼓勵的話，給陶傑及其兒子：「這個世界，你要知道，你出來社會後，你會碰到能力比你強的人，你也會碰到比你不如的人。能力比你強的人，你要虛心學習；不如你的人，你不要欺凌他，看不起他。」②

二〇一八年十月三十日晚，陶傑向成都商報記者確認，金庸於當天下午五點過在香港去，並且講述了他臨逝前的場景：一名親友用視頻通話，金庸一直默默地聽著另一端的講話，聽著聽著含笑而逝。

陶傑上周曾去養和醫院探望金庸，他特地用上海話向金庸講述了全球時局，金庸當時眼睛發亮，

① 張傑《「香港才子」陶傑文風備受金庸、倪匡嘉許》，《華西都市報》，二〇一二年九月十九日。
② 陶傑《金庸執筆勉勵我「不要欺凌不如你的人」》，《海上閑話》，二〇一八年十一月三日。

全神貫注聽著，「像一個純真的小孩，說話不太清晰」。過些天再去探望，當時金庸正在熟睡，臉色看起來不錯，陶傑認為他至少還有幾個星期，沒想到就在當天下午離世，聽聞噩耗陶傑亦頗為震驚。

翌日，他發表悼文，說「雖然人人都有此一日，但二十年來一位時時交往的聰慧型長者，從此不在了，總令人哀傷。我想到今後有疑問之處，少了這樣一位可敬的父執輩可以提點評說。想起與他的眾議和對話，覺得這一生人世，曾經與這樣的一位富有聰慧的人同業，終究是榮幸。查老師是很關心人的，二〇〇四年我遭遇過一次波折，查老師鼎力相助，事後一句也沒有再提。他將做人的聰慧從含蓄處顯達。這樣的哲人走了，不知我國幾時會再有？」①

「查先生一生筆耕而勤業，也很勞累了。他還沒有說出來的故事太多，說不出來的淒酸更多。焚我殘軀，熊熊聖火，生亦何歡，死亦何苦。當年讀他的《倚天屠龍記》，見此頌歌，幾許有情人當曾怦然悲慟。然而他是學佛的人，如錢塘潮起，靈飆轉處，曾天涯漂泊的查先生想必也早參悟端詳。參天一炬，他也終淡幻為一隻紙船上的燭光，在雲水迷茫處漸遠去了。」陶傑稱讚金庸是三百年來，絕後空前，緬懷金庸「查先生，我們捨不得您走。」②

① 陶傑《金庸大俠走好，俠義精神長存》，香港《蘋果日報》，二〇一八年十一月一日。
② 陶傑《江潮歸看念金庸》，《Vista看天下》，二〇一八年第三十期。

跋

一口氣同時出幾部書，是需要才情的，蔣連根老師有此才情，可貴，我更佩服的是他的研究苦功夫。

我說的是蔣老師幾十年做記者的耕耘和在定性研究上的造詣。蔣老師的書，是紮紮實實的二十年定性研究（qualitative research）。通過深度訪談（In-depth Interview），通過滾雪球抽樣調查（snow ball sampling method），此書所展示的是他厚積薄發的幾十年所獲，是他深入瞭解金庸的不為人知的另一面真實人生。

滾雪球調查是一種定性研究的創新型方式。主要是通過社會關係的連結點，層層接近可以接觸到的核心調查人物圈。很多歐美社會學家和社會研究如今都很尊崇這種方式。可惜曲高和寡，這種通過層層接觸核心研究人物方法非常費時實力，而且需要機緣巧合。

從二十世紀八十年代開始，蔣老師不辭辛勞，通過做記者的人際圈子和在出版界的合作夥伴，一位一位地聯繫調查，一點一點地收集積累，如今寫書出版了他調查研究而收穫的故事。在《金庸自個兒的江湖》（香港繁體足本增訂版《金庸的江湖師友》）一書中，可見他調查之細緻，積累之詳實厚重。

通過金庸與家鄉的聯繫和身為記者的採訪便利，他直接對話金庸，從未止步於此，還在世界各處尤其兩岸三地，尋找到金庸的弟妹、兒女、朋友、親戚、秘書，與他們深度交流，訪談，收集資料。受訪人物之眾，體現了此書的價值所在。

訪談的方法之外，蔣老師還進行了田野調查。他走訪了金庸在海寧的老宅，也踏足了金庸更深沉的婺源老家，去考察去觀察去和金庸故里族人一起體驗金庸的過去。

蔣老師的書是一份深度定性研究報告，是基於多元材料的可信賴有價值的研究。他做到了三角證實（triangulation）。他的定性研究方法而言，是多樣的，是豐富的，是創造的，值得每一位定性研究人員學習。

他的常用方法包括了member checking（每次寫作金庸事蹟，都要通過無數金庸身邊的人認可，成書以後把書寄給金庸進行member checking看金庸是否認可），research resource triangulation（研究資料三角剖分），interviews（訪談，電話，走訪訪談，書信訪談等），field notes（蔣老師曬過筆記），memo（寫作分析），documents（各種報章文書，文字資料），art facts（各種檔文物物品，如他所拍攝的照片，人物走訪手機的藝術品資料等）。

如果能夠收集到這些第一手資料，蔣老師一定有很多很多心得。任何定性研究者都沒有「定型」的方法。在於研究者本身的智慧、堅持、忍耐、毅力、變通、巧妙、靈活等等。或許，記者的身份和經驗給了蔣老師開始的契機，但是能夠最後成書，其中辛苦不言而喻！

我看了蔣老師這些年分享的資料和寫作歷程，覺得雖然在中國，定性，也叫質性研究（qualitative research）年會才開第四屆。其實這種研究方法早就已經被蔣老師深度採用在此二書的成書過程之中，遠超歐美社會類研究者的二三年的粗調研。

最後，本書是蔣老師跨躍兩個世紀的「舊學」「新作」。他說這部書叫《金庸自個兒的江湖》（香港繁體足本增訂版《金庸的江湖師友》）。

黃婷

於美國明尼蘇達雙城大學

二〇一九年年十二月三日

（黃婷，旅美博士，畢業於美國愛荷華大學和羅徹斯特大學。現任教於美國明尼蘇達雙城大學，研究方向多元，主要為定性研究、種族歧視研究、中文教育、社會文化理論、古典文獻等。）

心一堂 金庸學研究叢書

《金庸武俠史記〈射鵰編〉三版變遷全紀錄》 王怡仁
《金庸武俠史記〈神鵰編〉三版變遷全紀錄》 王怡仁
《金庸武俠史記〈倚天編〉三版變遷全紀錄》 王怡仁
《金庸武俠史記〈天龍編〉三版變遷全紀錄》 王怡仁
《金庸武俠史記〈笑傲編〉三版變遷全紀錄》 王怡仁
《金庸武俠史記〈鹿鼎編〉三版變遷全紀錄》 王怡仁
《金庸群俠身心靈診療室——蝴蝶谷半仙給俠士俠女的七十七張身心靈處方箋》 王怡仁
《金庸武俠史記〈書劍編〉〈碧血編〉——探尋金庸的修訂心路》 辛先軍
《金庸武俠史記〈白・雪・飛・鴛・越・俠・連〉編——探尋金庸的修訂心路》 辛先軍
《金庸商管學——武俠商道（一）基礎篇》 歐懷琳
《金庸商管學——武俠商道（二）成道篇》 歐懷琳
《金庸小說中的佛理》 鄺萬禾

《金庸雅集——武學篇》　寒柏、愚夫

《金庸雅集——愛情篇影視篇》　寒柏、鄺萬禾、潘國森、許德成

《金庸與我——雙向亦師亦友全紀錄》　潘國森

《金庸命格淺析——斗數子平合參初探》　潘國森

《金庸詩詞學之一：雙劍聯回目　附各中短篇詩詞巡禮》　潘國森

《金庸詩詞學之二：倚天屠龍詩　附射鵰三部曲詩詞巡禮》　潘國森

《金庸詩詞學之三：天龍八部詞　附天龍笑傲詩詞巡禮》　潘國森

《金庸詩詞學之四：鹿鼎回目　附一門七進士叔姪五翰林》　潘國森

《話說金庸》（增訂版）　潘國森

《總論金庸》（增訂版）　潘國森

《武論金庸》（增訂版）　潘國森

《雜論金庸》（增訂版）　潘國森

《金庸家族》（足本增訂版）　蔣連根

《金庸的江湖師友——影視棋畫篇》（足本增訂版）　蔣連根

《金庸的江湖師友——作家良朋篇》（足本增訂版） 蔣連根

《金庸的江湖師友——師友同業篇》（足本增訂版） 蔣連根

《金庸的江湖師友——學界通人篇》（足本增訂版） 蔣連根

《金庸的江湖師友——明教精英篇》（足本增訂版） 蔣連根

《金庸的江湖師友——金學群豪篇》（足本增訂版） 蔣連根